文春文庫

老人と海／殺し屋

アーネスト・ヘミングウェイ
齊藤 昇訳

文藝春秋

目次

老人と海

その男は年老いていた。小舟でメキシコ湾流に乗って孤独な漁に出ていたが、すでに八十四日間も釣果が上がらない。最初の四十日は少年と一緒だった。しかし、四十日も一向に獲物がかかる気配がなければ、少年の両親が、あれはサラオだと言って老人をさげすむのも無理はない。サラオとはスペイン語で「運に見放された最悪の状態」を意味する。親の言うことに従って別の舟に身を委ねたら、少年は最初の一週間で大物を三匹も釣り上げた。毎回からっぽの舟で帰港する老人の姿を眺めていると少年は悲しくなり、老人が帰港する度に浜に降りていって、舟から釣綱や鉤《かぎ》や銛《もり》や、マストに巻きつけた帆を運び出すのを手伝った。小麦粉のずだ袋で継ぎを当てられてマストに巻きつけられた帆は、いつまで経っても芽が出ない敗北の旗印を思わせた。

老人は痩せて骨ばっていて、首筋にはくっきり深い皺《しわ》が刻まれている。南洋から照り返す眩しい陽光を浴びてか、両頰の表皮には褐色に沈着した色素斑が浮かんでいた。その斑は顔のかなり下の方までぼんやりと広がり、両手には釣綱で大きな魚を引き上げた際にできたのだろう深い傷跡が残っていた。だが、いずれも新しい傷跡ではない。それらは魚のいない砂漠に見られる浸食痕と同じくらい、長い時間をかけてできた古傷だ。

彼のすべてが年老いていたが、目だけは別だ。その目は海と同じ色みを帯びて、不屈の炎を燃え上がらせていた。

「ねえ、サンチャゴ」と、少年は小舟を曳き揚げたところから砂地を二人で上りながら声をかけた。「また一緒に行けるかも知れないよ。いくらかお金ができたんだ」

老人は少年に魚を捕まえる方法を教えたことがあり、少年は老人を慕っていた。

「いや、やめておけ。幸先のいい舟に乗ったんだ。そのまま乗り続けろ」

「でも以前に、魚が捕れないのが八十七日間も続いた後で、大物ばっかり釣れる日が三週間も続いたことがあったじゃないか」

「そんなこともあったな」と、老人は言った。「お前さんが俺のことを見限ったなんて思ってないからな」

「父ちゃんに言われたんで仕方なかったんだよ。僕はまだ子供だしね」

「そりゃ、そうだろうよ」と、老人は言った。「そんなの当り前のことだ」

「父ちゃんには固い信念ってやつがないんだよ」

「うん」と、老人は言った。「でも俺たちは違う。そうだろ？」

「うん、そうだよ」。少年が言った。「じゃ、〈テラス〉で一杯ビールでもご馳走するよ。残りのものを持って帰るのはその後にしようよ」

「そりゃいい、そうしよう」と、老人が言った。「海の男同士でな」

その〈テラス〉という名の店の席に着くと、客の漁師たちの多くが老人を囃《はや》し立てたが、彼は腹を立てることもなかった。

そうでない連中、すなわち年配の漁師たちは、老人を見て悲しみを感じていた。しかし素知らぬ顔をして、その日の潮の流れの具合とか、釣綱をどのくらいの深さまで垂らせばいいのかとか、このところ続いている暖かい好天の模様とか、そんな日々のよもやま話に興じていた。この日をよい釣果で終えた漁師たちは、すでに帰港しており、仕留めたマーリン（マカジキとも言う）を解体し終え、ふらふらとおぼつかない足取りの二人の男に二枚の板の端を持たせ、その板の幅いっぱいに渡すようにマーリンの身を横たえて倉庫まで運ぶと、マーリンはそこで待ち受ける冷蔵トラックでハバナの海鮮市場まで運ばれてゆくことになる。鮫を獲った連中は入り江の反対側にある鮫の処理場へと運び、そこで鮫どもは滑車で吊り上げられ、肝臓を抜かれヒレを落とされ、そして皮を剝がれて、肉は切り身にされて塩漬けになるのだ。

東風が吹くと対岸から鮫の臭いが届くものだが、今日は風向きが北に変わって凪いでしまったので、鼻を掠《かす》める微かな臭いがするだけで、〈テラス〉の店はまばゆい陽射しを浴びて心地よかった。

「ねえ、サンチャゴ」と、少年が言った。

「なんだい」。老人は言った。彼はグラスを片手に、過ぎし日に想いを馳せていた。

「明日の釣り餌のイワシをとって来てあげようか?」

「いや、いいよ。それより野球でも楽しんで来いよ。大丈夫、まだ俺だって漕げるさ。それにロヘリオが投網《とあみ》を打ってくれるから」

「でも、取りに行きたいんだよ。漁にも一緒に出られないんなら、せめて何かの役に立ちたいんだよ」

「ビールをご馳走してくれたじゃないか」と、老人は言った。「お前さんは、もういっちょ前の男さ」

「ねえ、僕がいくつの時だったっけ? 初めて漁に連れて行ってもらったのは」

「五歳の時だ。で、お前さんは危うく死んじまうところだった。俺がまだピンピンした魚を揚げちまったもんだから、舟まで粉々になるところだった。覚えてるか?」

「尾ヒレがばたばたして腰掛け梁《ばり》が割れたのも覚えてるし、棍棒《こんぼう》で叩く音も覚えてる。すると、じいちゃんが僕を突き飛ばして、僕は濡れた釣綱のある舳先《へさき》に突っこんだんだ。舟は危なっかしく揺れていて、じいちゃんがあいつを大木でも切り倒すみたいに棍棒でぶん殴ってる音が聞こえて、あたりは血の甘い臭いでいっぱいだったっけ」

「本当に覚えてんのか? 俺がそんな風に話したのか?」

「いや、みんな覚えてるよ。だって初めて一緒に漁に出た時のことだったもの」

老人は日に焼かれた眼に慈愛を浮かべて少年を見つめた。

「お前がもし俺の息子だったら、無理にでも連れ出すところだが」と、彼は言った。

「お前にはちゃんとした両親がいるし、いま乗っている舟もゲンがいい」

「で、イワシ、どうしようか？　とって来ようか？　魚の餌なら他に四匹くらい手に入るけど」

「今日の餌の使い残しがまだあるんだ。塩をかけて箱に入れてある」

「まあそう言わずに、イキのいいのを四匹、持って来てあげるよ」

「一匹でいいよ」と、老人は言った。彼は漁への希望と自信をまだ失っていなかった。風立ちぬ、さあ生きねばというように。

「じゃあ二匹」と、少年が言った。

「よし、二匹だ」と、老人は応じた。「どこかから失敬してきたんじゃないだろうな？」

「そうしたいところだけど」と、少年は言った。「もちろんちゃんと金を払って手に入れたよ」

「すまんな」と、老人は言った。彼は根っからの一本気の人間だから、いつから自分が情にほだされるようになってしまったのかなどと考えたこともない。でも、自分がそうなっていることは知っていたし、だからといって恥じるべきだとも沽券《こけん》にかかわることだとも思わなかった。

「あの潮の流れだと、明日は期待できそうだ」と、彼は言った。

「どこら辺まで出るの？」。少年が尋ねた。

「ずっと沖の方まで出るつもりだよ。まあ、それも天気や風向き次第だが。夜明け前までには出たいと思っている」

「じゃ、こっちの舟も沖に出るよう親方に頼んでみるよ」と、少年は言った。「そうすりゃ、凄い大物がかかった時に、すぐに助けに行けるからね」

「あいつはあまり沖まで出たがらないだろう」

「うん」と、少年が言った。「でも、僕には親方には見えないものが見えるんだ、魚を追う鳥の動きとかさ、それで親方にシイラ《ドルフィンフィッシュ》を追わせて沖に出たりする」

「あいつ、そんなに目が悪いのか?」

「ほとんど見えてないいんじゃないかな」

「そりゃ変だな」と、老人が言った。「あいつは亀捕りはしなかったはずだが。あれをやると目がダメになっちまうんだ」

「でも、じいちゃんは長いことモスキート海岸の辺りでよく亀を獲っていたのに、目は大丈夫なんだね」

「俺は老人といっても変わり種の方だから」

「でも、いま不意に途轍《とてつ》もない大物がかかったって、びくともしないだろ?」

「まあな。いろんなコツを心得ているから」

「じゃ、そろそろ道具を運んでしまおうよ。僕は投網でイワシをものにしてくる」

二人は小舟から道具類を運び出した。老人はマストを肩に担いで、少年は堅く縒り合わせた茶色の釣綱を巻いたのを詰めてある木箱や、鉤や銛を運んだ。餌の入った箱は、大きな魚を舟に引き寄せてから散々に打ちのめして弱らせるための棍棒と一緒に船尾の船底に押し込まれたままだった。老人のものを盗もうという輩はいまいが、帆や重い釣綱などは夜露を嫌うから持ち帰った方がいい。ここらに盗みを働くような者はいないにしても、小舟に銛や鈷を置きっぱなしにしておくと、人は妙な衝動に駆られないとも限らないと老人は思っていた。

二人は一緒に老人の小屋まで歩いていき、開いているドアから中に入った。老人が帆を巻いたマストを壁に立て掛けると、少年はその隣に木箱や他の道具を置いた。持ち込んだマストは一間だけの小屋の幅ぎりぎりに納まった。小屋はグアノと呼ばれる丈夫なヤシの木の葉で作られていて、部屋にはベッドとテーブルと椅子が一つずつあり、炭火を熾《おこ》す炊事用の土間があった。強靫な繊維質を持つグアノの葉を伸ばして作られた褐色の壁には、聖心のイエス・キリスト像とコブレの聖母マリアの彩色画が飾られていた。いずれも亡き妻が遺したものだ。以前は修復を施した妻の写真も掲げられていたが、見ると無性に寂しくなるので取り外し、いまでは部屋の隅の棚の上に置いて、洗ったばかりのシャツを被せてある。

「食事、どうしようか?」と、少年は訊いた。

「魚を炊き込んだイエローライスが鍋にある。お前もどうだい、食べるか?」

「いや、いいよ。家に帰ってから食べるから。火を熾そうか?」

「大丈夫だ。後で何とか自分でやるよ。もっとも食べようと思えば、冷たいままでも食べられるしな」

「投網を借りていってもいい？」

「ああ、そんなの構わん」

この家には投網などない。とっくの昔に売り払ってしまったのだ。その時のことを少年は覚えている。毎日、二人はこんな芝居じみたことを繰り返していた。だから、魚を炊き込んだイエローライスの入った鍋もなく、少年も先刻承知なのだ。

「八十五は、ラッキーナンバーだ」と、老人は言った。「とんでもない大物がかかったらどうする、いらねえところを捌《さば》いても千ポンドくらいの上物が？」

「じゃ、網でイワシをとって来るよ。戸口で日向ぼっこでもしてなよ、いいかい？」

「そうだな。じゃ、昨日の新聞があるから、野球の記事でも読んでるかな」

少年はその新聞も、いつものでっち上げなのかどうか、わからなかった。しかし、老人はベッドの下からそれを実際に取り出した。

「酒屋でペリコからもらったんだよ」と、彼は説明した。

「イワシをとったら、また戻って来るよ。じいちゃんの分も僕の分も氷を載せて腐らないようにしておくからね。明日の朝になったら二人で分けよう。戻ったら野球の記事のこと話してね」

「ま、ヤンキースが負けることはないだろうな」

「でも、僕はクリーブランドのインディアンスが怖い」

「ともあれ、ヤンキースの勝利を信じようじゃないか。何せあの偉大なるディマジオ様がいるんだから」

「デトロイトのタイガースとクリーブランドのインディアンスも油断できないよ」

「そんな弱腰じゃ、シンシナティ・レッズやシカゴ・ホワイトソックスにまでビビるようになっちまうぞ」

「野球の記事をちゃんと読んで、僕が戻ったら教えてね」

「八十五の数字の付いた宝くじでも買ってみるとするか。明日は八十五日目だしな」

「それいいね」と、少年は言った。「でも、八十七日という大記録もあったじゃないか」

「もう二度とあんなことは起こらないだろうな。で、八十五の数字入りの宝くじは売ってると思うか？」

「うん、大丈夫だと思うよ」

「じゃ、一枚頼もうか。二ドル半だよな。さて、誰から借りたらいいものやら」

「そんなこと、わけないよ。僕だって、二ドル半程度の金なら借りれるよ」

「俺だって借りられない訳じゃないが。しかし、なるべく借りないことにしてるんだ。一旦、金を借りたら歯止めが利かなくなる」

「ま、とにかく身体だけは冷やさないようにしてね」と、少年は言った。「もう九月なんだから」

「思わぬ大物が釣れたりする月だ。五月だったら、誰だって一人前の釣り師になれるものだ」

「じゃ、イワシをとって来るからね」と、少年は言った。

少年が戻ってくると、老人は椅子で眠っていて、日は暮れていた。少年はベッドから古びた軍用毛布をとってきて、椅子の背から老人の肩へかけてあげた。

見たこともない肩だった、すっかり老いているのに活気がみなぎっていて、首も頑丈だった。首を前に垂らして眠っていても皺が目立たない。シャツは色も柄もツギハギだらけで、ついあの帆を思い起こしてしまう。ツギハギは日に褪せてさまざまな濃淡の影を見せていた。だが老人の顔はひどく老いていて、こうして静かに目を閉じていると、まるで生気がないように見えた。

新聞は膝の上に広がり、腕の重みに押さえられていて、気まぐれな夕風で飛んでしまうことはなかった。老人は裸足だった。

少年はそこを立ち去って、再び戻って来たが、老人はまだ眠っていた。

「ねえ、もう起きてよ、じいちゃん」と、少年は自分の手をそっと老人の膝の上に添えた。

老人は目を開けた。一瞬、どこか遠くから戻ってきたような様子だった。それから微笑《わら》った。

「そりゃ、何だい？」と、老人は訊いた。

「夕食さ」と、少年が言った。「一緒に食べない？」

「そんなに腹減ってないぞ」

「いいから、とにかく食べよう。食べなきゃ、漁にも出られないからさ」

「俺はよく食べずに漁に出たもんだが」。老人はそう言うと、起き上がって新聞をたたみ、毛布も畳もうとした。

「毛布は、まだ肩にかけておいた方がいいよ」と、少年は言った。「僕の目の黒いうちは、何も食べずに漁になんか出させないからね」

「そうか、じゃ、せいぜい達者で長生きしてもらわないとな」と、老人は言った。「それで、何を食べさせてくれるんだ？」

「黒豆入りのごはんとバナナフライ。それにシチュー」

少年はそれを二段重ねの金物の容器に詰め込んで、〈テラス〉から運んできたのだ。二人分のナイフとフォークとスプーンは、それぞれ紙ナプキンに包んでポケットにしまい込んである。

「誰からもらったんだ？」

「〈テラス〉の店主のマーティンだよ」

「それじゃ、きちんと礼を言わなきゃな」

「お礼なら、もう僕から言っておいたよ」と、少年が言う。「だから、じいちゃんはそんなこと心配しなくてもいいからね」

「いつかどでかい魚をものにしたら、その時は腹の身のいいところでも、おすそ分けするかな」と、老人は言った。「こういうことは前にも何度もあったんだろう？」

「まあね」

「だとすれば、腹の身だけじゃ済まんだろう。そんなに気遣ってくれてんだから」

「ビールも二本くれたしね」

「俺は缶のビールがいちばん好きなんだ」

「だよね。ま、これは瓶ビールなんだけどね。アトウェイ（キューバのビール）。あとで僕が瓶を返しておくよ」

「手数をかけちまうな」と、老人は言った。「食べるとするか？」

「さっきから食べようって言ってるのに」と、少年は優しく言った。「いざ食べるってときまで、蓋を開けたくなかったんだよ」

「そうだったのか。もういいぞ」と、老人は言った。「なあに、手を洗う時間が欲しかっただけなんだ」

一体、どこで手を洗おうとしてるんだろうか、と少年は思った。村に設置された水場を利用するとなれば、道を二度も渡って、さらに先へ行かなければならなかった。だったら、老人のために水をここに運んでこなければと、少年は思った。石鹼と奇麗なタオルもだ。なんでこんなに気が利かないんだろう？　冬にそなえてシャツと上着も持ってこよう、ちょっとした履物、そして毛布ももう一枚。

「このシチューは極上の味だな」と、老人が言った。

「で、野球はどうなった？」と、少年は尋ねた。

「アメリカン・リーグは、俺が言った通りヤンキースだ」と、老人は嬉しそうに言った。

「今日は負けたよね」と、少年は老人に言った。

「そんなこと大した問題じゃねえ。ディマジオ様が調子を取り戻しているから大丈夫さ」

「ヤンキースはディマジオだけじゃないよ、他の選手もいる」

「そりゃそうさ。だがな、奴がチームにいることに意味があるんだ。ナショナル・リーグの方は、ブルックリンかフィラデルフィアだろうが、俺が見たところではブルックリンが有利かな。しかし、そこでディック・シスラー（フィラデルフィアの好打者）を思うとな、以前、奴は古い球場でいきなり凄いのをかっ飛ばしたことがあった」

「あれはマジで凄かった。あんなの、いままで見たこともないよ」

「奴は〈テラス〉にもよく来てたけど、お前、覚えてるか？　一度、釣りに誘おうかと思ったが、俺には声をかける度胸がなかった。なので誘ってくれとお前に頼んだんだが、お前も度胸がなかった」

「ああ、そうだった。あれは失敗だったね。彼も一緒にきたかもしれない。そうなったら一生の思い出になったろうなあ」

「ディマジオ様も連れ出したかったな」と、老人が言った。「聞くところによると、奴のおやじさんは漁師だったらしいぞ。だとしたら、俺たち同様に貧乏だったろうし、俺たちのこともわかってくれたかもしれん」

「ディック・シスラーのおやじさんは、それほど貧乏じゃなかったようだよ。だって彼が僕くらいの歳だった頃、大リーグのプレイヤーだったらしいから」

「俺なんかお前さんくらいの歳頃には、下っ端の見習い水夫だったよ。アフリカ航路の横帆《おうはん》式の船の乗組員だった。夕暮れ時になると、よく浜辺にライオンがいるのを見たよ」

「それ、前にも聞いた」

「そうか、じゃ、アフリカの話か野球の話か、どっちがいい？」

「野球の話かな」と、少年は言った。「あの大選手ジョン・J・マグロー（好守強打の三塁手）の話をしてよ」。少年はJをホタと発音した。

「あの男も昔は〈テラス〉にちょくちょく顔を出していたんだ。酒が入ると無礼な口を利く厄介者だった。野球だけじゃなくて競馬にもご執心で、ポケットにはいつも馬券が入ってたし、しじゅう電話で馬の名前を伝えていたのを覚えてる」

「とにかく凄い監督だったんでしょ。歴代の監督の中でもトップ級だったと、うちの父ちゃんも言ってたっけ」

「ここによく来ていたからそう言うのさ。もしドローチャーなんかでも毎年キューバに来ていたら、彼ほどの名監督はいないだろうとお前のオヤジさんは言うだろうな」

「じゃ、本当に凄い監督は誰なの？　ルケ？　それともマイク・ゴンザレス？」

「どちらも甲乙つけがたいな」

「で、最強の釣り師といえば、そりゃじいちゃんだね」

「よせよ。他にも釣り名人はたくさんいるぞ」

「とん《ケ》でもない《バ》！　悪くない釣り人は山ほどいるし、凄いのもいくらかはいるけど、じいちゃんは別格だよ」

「なんか照れるな。でも嬉しいよ。お前さんをがっかりさせちまうような、とんでもない大物に出っくわさないようにしなきゃな」

「さっき言ってたみたいに、じいちゃんがびくともしないんなら、そんなとんでもない魚なんていないよ」

「びくともしないなんてことはないかもしれないぜ」と、老人は言った。「だが、ちょっとしたコツをつかんでいるし、肚《はら》も括ってるからな」

「もうそろそろ寝た方がいいよ、明日の朝、シャキッと起きれるから。〈テラス〉に返すものは、僕が運んでおくよ」

「じゃ、頼む。おやすみ。朝、起こしに行ってやるよ」

「じいちゃんはまるで僕の目覚まし時計だ」と、少年は言った。

「歳が俺の目覚まし時計なんだ。どうして年寄りは早く目を覚ますようになるんだろうな。長い一日を楽しめってことか？」

「さあね」と、少年が言った。「僕が知ってるのは、若い子たちは遅寝遅起きだってことだけさ」

「それ、俺にも覚えがあるぞ」と、老人は言った。「とにかく、間に合うように起こしてやるよ」

「親方には起こされたくないんだ。子供扱いされてるみたいでさ」

「そうだな」

「じゃ、おやすみ」

少年は出ていった。二人は明かりも点けずにテーブルで食事をしていて、老人は暗闇の中、ズボンを脱いで寝支度を整えた。丸めた新聞にズボンを巻きつけ、枕代わりにした。ブランケットに包《くる》まり、ベッドのスプリングに掛けた古新聞の上に横たわった。老人はすっと眠りに落ち、少年時代を過ごしたアフリカの夢を見た。金色に輝く長い浜辺に、目が痛くなるほどまばゆい白い砂浜、そして高く聳《そび》える岬と褐色の巨峰。このところ毎晩のように、老人はこの海岸に暮らし、夢の中で波の叫びを聞き、その波を越えて迫る現地人の小舟を見た。老人は甲板の隙間を埋めるタールとまいはだの匂いを嗅ぎ、陸風に運ばれてくるアフリカの匂いを吸い込んだ。いつもなら陸風の匂いで目が覚め、服を着替えて、少年を起こしに向かう。だが、今夜はその匂いが早く届き、それを老人も自覚して、夢を見ながら眠りつづけることにして、島々の白い高峰が海上に聳え立つのを眺め、カナリア諸島の港や波止場の夢を見た。

もう嵐の夢は見なくなった。女の夢も、大きな出来事の夢も、巨大な魚も、ケンカの場面も、力比べの競技も。女房もしかり。いま夢に見るのは、大地の風景や浜辺にいるライオンだけだ。ライオンたちは黄昏《たそがれ》のなか子猫のように遊び、老人はあの少年を愛するようにライオンたちを愛しんだ。少年は夢には出てこなかった。老人は普通に目を覚まし、開けっぱなしのドア越しに月を眺め、丸めてあったズボンをほどいて穿いた。小屋の外で立ち小便をすると、小径《こみち》を上って少年を起こしに行った。老人は朝の冷気に身を震わせた。しかし、そんな風に震えると体が温まり、間もなく自分が小舟を漕ぎ出すことになると老人にはわかっていた。

少年の住む家も戸締りをしておらず、老人はドアを開け、静かに裸足のまま中に入った。少年は入ってすぐの部屋の寝床で眠っていて、その姿は消えゆく月明りに照らされて、はっきり見えた。片足を優しく摑み、少年が目を覚まし、身体を動かして老人の方を見るまで、そうしていた。老人は頷《うなず》き、少年は寝床の脇にある椅子からズボンを取って、ベッドの上に座ったまま脚を通した。老人が外に出ると、少年は後に続いた。少年はまだ眠そうで、老人は少年の肩に腕を回すなり、「すまんな」と言った。

「大丈夫《ケ・バ》だよ」と、少年は言った。「いっちょ前の男なら当たり前のことさ」

二人が老人の小屋まで下ってゆくと、夜明け前の薄暗い道にはマストを肩に担いだ裸足の男たちが歩いていた。小屋に着くと、少年は巻いた釣綱を放り込んだ籠、銛、鈎を手にし、老人は帆を巻いたマストを肩に担いだ。

「コーヒー、飲む？」と、少年が訊いた。

「道具をみんな舟に積んじまってからにしようか」

二人は漁師向けに早くからオープンしている店で、コンデンスミルクの缶に注がれたコーヒーをすすった。

「昨夜《ゆうべ》はよく眠れたかい、じいちゃん?」と、少年が尋ねた。まだ寝ぼけまなこではあったが、目は覚めてきていた。

「ああ、よく眠ったよ、マノーリン」と、老人は言った。「今日はやる気満々さ」

「僕もだよ」と、少年が言った。「じゃ、さっそくイワシをとってこなきゃ。僕のと、じいちゃんのと。それから、じいちゃん用の生き餌も。いまの親方は全部、自分でやっちゃうんだ。他人には任せないんだよ」

「ま、人もいろいろさ」と、老人は言った。「俺は、お前が五歳の時には、あれこれ道具を運ばせたな」

「覚えてるよ」と、少年は言った。「じゃ、すぐに戻って来るからね。コーヒー、もう一杯飲んでていいよ。ここはツケがきくから」

少年はサンゴの岩を裸足で踏みしめながら氷室へ向かった。そこに餌の魚が貯蔵されている。老人はコーヒーをゆっくり飲み干した。今日はこれしか腹に入れないから、しっかり飲んでおいたほうがいいと思った。食べるのが面倒臭くなってから、随分と経つ。もう昼食も持って行かない。船首の辺りに水の入った瓶を一本、置いておくだけで一日はもつ。少年が新聞にくるんだイワシと二匹の餌魚を持って戻ってきて、二人は小石の混じった砂の感触を楽しみながら小舟まで歩き、小舟を持ち上げて砂地の上を滑らせるようにして、海へと押し出した。

「幸運を祈るよ、じいちゃん」
「お前もな」と、老人は言った。彼は二つのオールを舟の櫂杭に綱で括りつけ、前かがみになってブレードにかかる水圧を押し返しつつ、暗い港から漕ぎ出ていった。他にも漕ぎ出す舟が幾艘もあり、そのオールが海面を掻く音は老人の耳に届いてきたが、月が山陰に沈んでいるため、姿は見えなかった。ときどき人の話し声も聞こえてきた。だが大抵の舟は、オールが水に飛び込んでは掻く以外の物音を立てなかった。湾口を出ると舟は方々に散って、自分の漁場へと向かっていった。今日は沖まで遠出するつもりでいたので、老人は陸地の匂いを後にして、清々《すがすが》しい早朝の香りが立つ海原に向かって漕ぎ出した。やがて海中に青白い燐光を発するメキシコ湾の藻が見えた。この辺りは海底が急に七百尋《ひろ》まで落ち込んでいることから、漁師たちが「巨大な井戸」と呼ぶ海域である。海底の険しい急斜面を成す岩壁に潮がぶつかって渦を巻き起こすので、たくさんの数と種類の魚が集まってくる。小エビや、生餌に使えそうな種々の小魚、イカの大群が押し寄せることもあり、夜になるとイカたちは海面近くまで浮上して、魚の群れの餌食になってしまう。

闇の中に老人は朝の訪れを感じた。舟のオールを漕いでいると、振動音が耳に届き、それは海面から飛び出したトビウオで、翼のように張ったヒレをバタつかせて、軋《きし》むような音を立てながら暗闇の中を飛び去っていった。老人はトビウオが大好きで、海の良き仲間として真っ先に挙げるのはトビウオだった。不憫《ふびん》なのは鳥で、小柄で黒くて繊細なアジサシは、いつも目を皿にして飛び回っているのに、一向に餌を見つけられず、鳥は人間よりもずっと辛い生活を強いられているのかもしれないと老人は思った。もっとも、他の鳥から獲物を掠め取る鳥とか、あの大きくて強い鳥は例外だが。なぜ鳥はかくもか弱く繊細な生き物として創造されたのだろう？　例のアジサシもそうだ。大海原はあまりに冷酷だというのに。海は優しく美しい。だがひどく無慈悲にもなり、その変化は急で、か細く悲しげな声を上げながら獲物めがけて海に飛び込む鳥たちは、そんな海原で生きるには繊細につくられすぎている。

　老人にとって、海は常に「ラ・マール」だった。海を愛する者たちは海をスペイン語でそう呼ぶ。彼女（「マール」はスペイン語で抽象的な「海」を指す女性名詞）を愛する者が彼女を悪く言うことがあるが、いずれにせよ彼らは海のことを女性のように呼ぶのだ。若い漁師たちの中にはブイを釣り用の浮きの代わりに使う者や、鮫の肝臓で儲けた金でモーターボートを買って調子に乗っている者がおり、連中は海を「エル・マール」と男性名詞で呼ぶ。そういう連中は、海を競争相手のように、あるいは単なる場所として、果ては仇敵であるかのように話すのだ。しかし老人の頭の中では、海は常に女性的なものであり、大きな恩恵を与えてくれたり取り上げたりする存在であり、彼女が荒れ狂ったり邪悪なことをやったとしても、それは彼女にはどうしようもないことなのだと思っていた。人間の女性と同様に、月が影響しているのだろうと、老人は思った。老人はひと漕ぎひと漕ぎ着実に沖へと舟を進めていた。特段、骨の折れることでもない。舟はいつもの速度を保っていたし、海も凪いで静かで、ときどき渦潮に出くわす程度だ。老人は労力の三分の一を潮に任せた。辺りが明るみを帯びてきて、舟が思いのほか早くに沖合に出ていたことがわかった。

ここ一週間、例の「巨大な井戸」を漁ったが、収穫はまるでなかったな、と老人は思った。今日はカツオやビンナガが群れる辺りまで舟を進めてみよう。予期せぬ大物がかかるかも知れない。

夜が明けきる前に、老人は餌を仕掛け、潮の流れに任せて舟を漂わせた。まず餌の一つを四十尋の深さまで下ろす。続く二番目は七十五尋、そして三番目と四番目は、それぞれ百尋と百二十五尋まで蒼い海中深く下ろした。いずれの生餌も頭を下向きに針を体内深く通し、それを糸で固く縛りつけてあり、針先の飛び出している部分は、活きのいいイワシで隙間なく覆った。イワシは両眼を貫かれて、まるで鉄棒の先の半円形の花輪のようだ。これで、どこから見ても、いかにもおいしそうな匂いのものだと思うことだろう。

少年からは青々とした活きのいい小ぶりのマグロ、すなわちビンナガを二匹貰っていた。それは一番深く沈めた二本の綱に垂球のように吊るしてある。他の二本の綱には大型のクロカイワリとシマアジを付けた。どちらの餌も使い残しだが、保存状態は良好だし、上物のイワシが匂いと魅力を添えてくれる。

海中に下ろした綱は大きめのエンピツほどの太さで、それらは生木の枝に括りつけてある。大きな魚が餌に食いついたり触れたりすれば、枝がぐっと沈む仕掛けになっている。一本の綱につき四十尋の長さの綱を別に二巻き用意してあり、予備の綱同士を繋ぐこともできるから、いざとなれば三百尋以上の綱を繰りだすことも容易だ。

老人は垂らした三本の枝が沈まぬかどうか気にしながら、釣綱が深く垂直に保たれるように静かに漕いだ。辺りはもうすっかり明るくなってきた。日の出はすぐそばまで迫っている。

太陽が海面上に微かに顔を覗《のぞ》かせると、他の舟が見えるようになった。だいぶ陸地寄りに、海面を這うようにして、潮流の向こう側に散っている。やがて朝日が海により強く射し込むと、海面で美しい光が煌《きら》めきはじめる。太陽がすっかりその姿を現すと、平らで静かな海面が陽光を撥ねて老人の目を刺す。老人は目に鋭い痛みを感じ、顔を背けて舟を漕いだ。海面を見下ろすと、暗い海中深く沈んだ綱が見えた。まさに綱を真っすぐ垂らす技術にかけては誰にも引けを取らない。いかにも魚が食いつきそうな、ここぞという暗い海の中の位置に餌を垂らして待つことができる。他の漁師たちは潮流に任せて餌を泳がせてしまうから、百尋のつもりが実際には六十尋辺りを探っているということが往々にしてある。

しかし、と老人は思う、自分の放った綱は正確だが、ただ、とことんついていないのだと。とはいえ、先のことは誰にも分らない。思いがけない幸運を今日拾いあげるかも知れない。同じ日は続かない。幸運に巡りあえるなら、それに勝るものはない。だが、いまは正確を期したい。幸運の女神は準備を整えている者に訪れる。

太陽が上がってから二時間が経ち、東に顔を向けても、さほど目の痛みを感じなくなっていた。目に映る舟の数は三艘だけになった。いずれも遥か沿岸付近でたゆたう。いつだって早朝の陽射しは目にこたえた、と老人は思った。それでも目はまだ大丈夫だ。夕方の太陽をまともに見ても支障はない。夕方の陽射しも強い。それでも朝の方が目にきついように思われる。

ちょうどその時、一羽の軍艦鳥《ぐんかんどり》が黒い翼を大きく広げて前方の空を舞っているのが目に入った。軍艦鳥は翼を背後で畳み込んで急降下し、それから再び大空を悠々と旋回し始めた。

「どうやら、何かを見つけたようだ」と、老人は声をあげた。「まさか、ただ見ているだけじゃあるまい」

老人は鳥が旋回している場所に向けて、ゆっくりとした速度で着実に舟を漕いでいく。釣綱を真っすぐ海中に垂らしたまま、焦らず舟を進めた。潮の流れに乗りながら鳥を目印にして追尾するうち、前進するスピードは増していたが、釣綱は垂直に垂らしたままだ。

鳥は空高く舞い上がり、再び旋回した。翼を動かすことはなかった。それから突然、急降下し、老人はトビウオの群れが海面から勢いよく飛び出し、海面すれすれをすごい勢いで滑空するのを見た。

「シイラだな」と、老人は叫んだ。「でかいぞ」

老人はオールを舟に引き入れて、舳先の下にしまい込んであった短い釣綱を取り出した。それにはワイヤーの鉤素《はりす》（道糸の先に結んでおく釣り糸）と中ぐらいの大きさの釣り針が付いていた。針にはイワシを一匹仕掛けた。それを船縁から海中に垂らし、一方の端を船尾のリングボルトに括りつけた。もう一本の綱にも餌を仕掛け、ぐるぐるに巻いて舳先の陰に置いた。それから再び舟を漕ぎ出し、海面ぎりぎりを飛ぶ長い翼の黒い鳥を見つめるのに戻った。

眺めていると、再び鳥は翼を後方に折り畳んで海に飛び込み、翼をめちゃくちゃに暴れさせながらトビウオを追った。老人は海面が少し盛り上がるのに気づいた、巨大なシイラが海面に浮上し、逃げるトビウオを追いかけたのだ。シイラの背ビレが猛スピードで海面を切る。シイラはトビウオが着水するタイミングを狙い、その真下を確保する。でかいシイラの群れだな、と老人は思った。群れは大きく広がり、トビウオが逃げ切るのは難しそうだ。鳥にもチャンスはない。トビウオの大きさとスピードは、あの鳥たちにはおよそ太刀打ちできるものではない。

老人は海面から何度も跳ね上がるトビウオと、それを虚しく追いかける鳥を眺めていた。シイラの群れはどこかに行ってしまったようだ、と彼は思った。あのスピードと距離では追いつけない。でも一匹くらいははぐれたのに追いつけるかもしれないし、大魚がそこらに潜んでいるかもしれない。俺の念願の大魚はどこかにいる。

陸地の上の雲は今やまるで山のように盛り上がり、岸は長い緑色の線でしかなく、その後ろに連なる山の灰青色の稜線をしたがえていた。海の青色は深く濃く、紫色に近かった。そっと海中を覗き込むと、暗い水中に赤みを帯びたプランクトンと、太陽がもたらす不思議な光が見えた。仕掛けた綱を目で追うと、まっすぐ垂れたそれは途中で視界から消えていた。プランクトンがこんなにいるのを見て、老人はちょっと嬉しくなった、それは魚がいる徴《しるし》だからだ。海中に太陽からの奇妙な光があるのも好天気の証拠だし、陸地の上空の雲のかたちもそうだ。だが、鳥の姿は視界からほとんど消えて、いま海面に見えるのは、陽射しを浴びて黄ばんでしまったホンダワラ（海藻）と、紫を帯びた真珠色をして舟のすぐ脇に浮いているゼラチン状のカツオノエボシ（電気クラゲ）くらいだ。クラゲがひっくり返りかけて、すぐに姿勢を立て直した。一ヤードもある紫色の有毒な触手を海中にたなびかせた泡のように、プカプカ気持ちよさそうに浮いている。

「クラゲめ《アグア・マラ》」と、老人は言った。「おまえは厄介者だよ」

老人はオールを軽く握りしめて海中を覗き込むと、クラゲの触手と同じような色の小さな魚が泳いでいた。触手の間や、クラゲの漂う身体がつくる小さな影の下を泳いでいる。魚たちには免疫があるのだ。人間はそうではないから、クラゲの触手が綱に絡んで残した紫でべたべたしたものに、漁の最中などに手や腕がうっかり触れると、漆にかぶれたような炎症や湿疹を引き起こすのである。だがクラゲの毒の効果は漆と違って素早く現れ、鞭《むち》で打つような激痛をもたらす。

真珠色のクラゲは美しい。しかし海の中で一番のまやかしはクラゲであり、そいつが大きな海亀にぱくりと食べられるのを見るのは痛快だ。海亀はクラゲを見つけると、正面から近寄って目を閉じて万全な防御態勢を整え、触手もろとも食べてしまうのだ。老人は海亀がクラゲを食べるのを見るのが好きだったし、嵐のあとの砂浜を歩いて、打ち上げられたクラゲを踏んづけて、足の裏の硬いところでプチプチ弾ける音を聞くのも好きだった。

老人が好きなのはアオウミガメとタイマイで、どちらも優雅で俊敏で、高く売れた。図体が大きくて愚鈍なアカウミガメのことは、すこし小馬鹿にしていた。腹甲は黄色で、愛の営みもいっぷう変わっているが、つぶらな瞳を閉じて満足そうにカツオノエボシを食べるのは可愛らしかった。

老人は海亀捕りを専門にする舟に何年も乗っていたが、亀に神秘性を見出したことはなかった。亀はみんな哀れな生き物だと思っていた。全長が小舟ほどもあり、体重は一トンもあるオサガメに対してもそう思っていた。ほとんどの連中が亀に対して酷薄なのは、亀は捌いてばらばらにしても、心臓が何時間も脈打っているからだった。それほど生命力の強い生き物なのだ。しかし、と老人は思った、俺の心臓だって手足だって亀に負けない。彼は海亀の白い卵を滋養強壮のために食べている。五月は毎日のように食べた、九月と十月に訪れるだろう大物との格闘に備えて。

老人はカップ一杯の鮫の肝油も毎日飲んでいた。多くの漁師たちが漁具の物置として利用している小屋があって、そこに置かれた肝油の入った大きな缶からすくって飲むのだ。漁師であれば誰でも飲み放題だった。もっとも、ほとんどの漁師たちはその味を嫌っていた。けれども早起きの辛さを考えれば、そんなことはたかが知れているし、風邪やら流行性感冒《グリップス》やらにも効くし、眼にもいいのだ。

　老人は上を見上げ、あの軍艦鳥が再び空を旋回するのを見た。

「とうとう獲物を見つけたか」と、老人は大声で言った。いまやトビウオが海面から跳ね上がることもなく、小魚が逃げまどってもいなかった。しかし老人の見ている前で、小ぶりのマグロが海面から飛び出し、全身をくねらせながら頭からまた海中に飛び込んだ。陽光を浴びて魚体を銀色に輝かせたマグロが水中に戻るや、次から次へとマグロが浮かび上がってくると四方八方に飛び跳ね、海面を掻き乱しながら小魚を追って長い跳躍をする。円を描くように小魚を囲い込み、ものにしようとしていた。

　あんなに動きが素早くなければ、あそこに突っ込んでいくんだがと老人は思い、マグロの群れが海面を白く泡立て、慌てふためいて海面に浮上した小魚へ鳥が急降下してゆくのを見守った。

「鳥ってのは役に立つもんだな」と、老人は言った。その瞬間、足の下で綱がぴんと張るのを感じた。船尾から垂らしておいた予備用の仕掛け綱を巻いたものだ。握っていたオールを捨て、綱をしっかり握りしめて引き寄せると、小ぶりのマグロが全身を震わせる強い手応えを感じた。老人が引くほどにマグロは激しく暴れ、海中に魚の青い背と金色の横腹が見えるや、老人は獲物を船縁を越えて舟の中に引き込んでいた。いまや陽の光を浴びて船尾に横たわるマグロは小ぢんまりとした弾丸のような体型で、知性なき大きな目を剝き、美しく速い尾を小刻みに震わせながら死に物狂いで舟板を打っている。老人はマグロの頭に慈悲の一撃を食らわせ、なおも胴体をバタつかせる魚を船尾の陰へ蹴り込んだ。

「ビンナガか」と、老人は声に出して言った。「餌におあつらえ向きだ。十ポンドはあるだろう」

いつ頃から独り言を言うようになったのか、老人は覚えていなかった。昔は一人でいる時、よく歌を口ずさんだものだし、漁船や海亀捕りの舟に乗り込んで、夜に舵取りをしている時も、やはり歌っていた。独り言を言うようになったのは、少年がこの舟に乗らなくなってからだろう。もっともはっきり記憶しているわけではないが。少年と一緒に漁に出ていた時も、必要以外のことは口にしなかった。二人が言葉を交わすのは夜とか、あるいは嵐で足止めを食った時だった。海に出たら無駄口を叩くな、それが作法だと教え込まれていたので、老人は常にそのことを肝に銘じて取り組んできた。だが、いまでは誰かに迷惑をかけるわけでもないから、思ったことをしじゅう口に出してしまう。

「ぶつぶつ独り言を喋っているところを他人に聞かれたら頭がおかしいと思われるだろうな」と、老人は声に出して言った。「けれど俺の頭はおかしくないんだから、そんなこと気にする必要はない。金持ちは舟にラジオを積んで何やら喋っているし、野球の実況中継だって聞いてる」

いや、いまは野球のことなんかどうでもいい、と老人は思った。いま考えることはただ一つ。俺の生きがいのことだけだ。あの群れのあたりに大物がいるかもしれない、と彼は思った。俺につかまえられたのは小魚を追って群れからはぐれたビンナガにすぎない。だが、群れは泳ぎが速く、遠く、どうにも手に負えない。今日、海面に出てくる奴らはどいつもこいつもやたら速く、北東に向かっている。そういう時刻なのだろうか。あるいは、自分の知らない天気の変化のまえぶれなのか。

もう岸の緑は見えなかったが、青い山々がまるで雪を頂いたかのように白く見え、その上の雲は高く聳える雪山のようだった。海は濃紺色で、光が海中でプリズムをつくっていた。無数のプランクトンの群れは天空から降り注ぐ陽光にかき消され、老人が見ているのは、もはや青い海中の大きな暗いプリズムとその一マイルもの深さのある水の中へ、まっすぐに垂れている綱だけだった。

マグロたちは――漁師たちがひとまとめにマグロと呼び、市場に出したり、餌と交換したりするときだけ細かな分類で呼ぶ魚たちは――いつの間にか姿を消してしまった。いよいよ陽射しが強くなってきた。老人は首筋辺りに陽射しを感じ、舟を漕ぐたびに背中から汗が滴り落ちた。

この辺で潮まかせにしようか、と彼は考えた。そしてひと眠りするんだ、足の指に綱を絡ませておけば、獲物がかかったときにわかる。だが今日は八十五日目だ、今日くらいはしっかり漁をやらんとな。

に気づいた。ちょうどその時だ、綱を見ていた老人は、船縁から突き出た枝がぐいっとしなったの

「よし」と、彼は言った。「いいぞ」。船板にぶつけないように注意してオールを舟の中に取り込んだ。問題の綱に手を伸ばし、右の親指と人差し指でそっと摑んだ。さほど引きも重みも感じず、そのまま軽めに綱を握っていた。すると来た。探るような引きで、強くも重くもなく、それで老人には相手の正体がわかった。百尋の深みで、カジキが、小ぶりのマグロの頭から突き出た手製の鉤とその刃先を覆うイワシを食べているのだ。

老人は左手でそっと慎重に綱を摑み、枝からはずした。これで魚に気づかれずに指で綱を操ることができる。

こんな沖合で、この時期ならば、かなりの大物に違いない、と彼は思った。さあ食え、お願いだから食ってくれ。どうだ、活きのいい餌だろ。六百フィートの深い海中じゃ、さぞ冷たかろうし、暗かろう。もういっぺん戻ってきて、どうかもう一度食いついてくれ、頼むぜ。

微かな引きがあり、さらに強い引きが来て、これはきっと餌のイワシの頭が釣り針から外れにくいのだ。それからまったく動きがなくなった。

「どうした、さあ来い」と、老人は大声で言った。「戻ってこい。匂いを嗅いでみろ。悪くないだろ? ぱくっと行け、マグロもあるぞ。冷たくて身が締まったマグロだ。遠慮することはねえ、どんどん食え」

彼は親指と人差し指で綱をつまむようにして持ち、獲物が別の餌に食いつくかもしれないので他の綱も注視しながら待った。すると、さっきと同じ微かな引きがあった。

「こりゃ食いつくぞ」と、老人は大声で言った。「頼む、食いついてくれよ」

だが、魚はなかなか食いついてこない。どこかへ逃げてしまったのか。アタリの感触が消えてしまった。

「逃げちまったんじゃないだろうな」と、彼は言った。「いや、そんなはずはねえ。そこらを回ってるに違いない。前に針にかかったことがあって、何か思い出したのかもしれん」

そうこうしているうちに、軽いアタリが来て、老人を喜ばせた。

「戻ったか。よし、食え」

老人がアタリを楽しんでいると、がつんと硬く、想像を絶するほど重いのが来た。それは魚の重みで、老人が綱をゆるめると、どんどんどんどん綱は繰り出されていき、予備の二巻きの一つを使いきってしまった。指の間を軽快にすり抜けてゆく綱に、かなりの重みを感じた。それでも親指と人差し指にはほとんど力はこめていなかった。

「とんでもねえ奴だ」と、彼は言った。「餌を横に咥えて逃げるつもりかよ」

それからぐるっと回って呑み込んでしまうのだと、彼は思った。だが、そう口に出しはしなかった。よいことは口に出すと実現しないと知っていたからだ。こいつがかなりの大物だとわかっていた。そんなやつがマグロを横咥えしたまま、暗い海中を遠くへ逃げ出そうとしているさまを彼は想像した。そのとき奴の動きが止まった。あのずっしりとした重みはまだ残っている。やがて重みが増し、老人はさらに綱を繰り出した。ほんの一瞬だけ、親指と人差し指に力を込めた。すると重みは増して綱が真っすぐ下へ引き込まれた。

「よし、食いついたな」と、老人は言った。「さあ、ぐっと食え」

彼はさらに指先から綱を繰り出しつつ、左手を下に伸ばし、予備の二本の綱の端を別の二本の綱の輪にしっかり結びつけて固定した。これで準備は万全だ。いま使っている綱に加えて、予備用の四十尋の長さの綱を三巻き用意したことになる。

「もう少し食え」と、老人は言った。「ガッツリ食らいつけ」

そうすりゃ、呑み込んだ鉤針の先がお前さんの心臓に食い込んでイチコロさ、と老人は思った。気にせず海面まで上がってこい、お前に銛をぶち込ませてくれ。それでケリがつく。さあ、もういいだろう。もうたらふく食ったろう？

「ほらよっと」と、老人は大きな声で言い、両手で力強く綱を手繰り込んだ。獲物を一ヤードほど引っぱり込み、また一度もう一度と引く。ありったけの力を込めて左右の腕を交互に動かし、重心を左右に旋回させながら引いた。

しかし、何の変化もない。魚はゆっくり遠ざかってゆき、老人は一インチたりとも引き寄せることができなかった。老人の綱は大型の魚も引き寄せることができる頑丈なものので、それを背中に回して引っぱると、水滴の小さな玉が張った綱から弾け飛ぶ。綱は海中でゆっくり軋るような音を立てはじめたが、老人は綱を放さず、舟の横木に背中を押しつけて踏んばり、体を反らせて抵抗した。舟はゆっくりと北西に進みはじめた。

　魚は淡々と泳ぎ進み、舟も凪いだ海を曳かれてゆく。他の仕掛けの餌はまだ海中にあるが、それらは放っておくしかない。

「こんな時、あの子がいてくれたらな」と、老人は声に出して言った。「魚に曳かれちまって、まるで綱をくくりつける杭になったようなもんだ。綱を舟に固定するか。いや、綱が切れちまうかも知れない。どうにかして奴を離さず、どうしようもなけりゃ綱を繰り出してやるしかないだろう。奴が潜らずに前に進むだけなのはめっけものだ」

　あの野郎が潜ると決めたら、どうしようか。唐突に潜って死んじまったら、どうだ。どうにかするしかないさ。やり方はいくらでもある。

　老人は背中に回した綱をしっかり摑んで、傾斜をつけて海中に沈んでいるその先と、北西へゆっくり向かう舟の先を見つめた。

　あいつはいずれくたばる、と老人は思った。こんなことはいつまでも続くはずがない。しかし四時間後も魚は舟を曳いて海を進んでおり、老人も背中に回した綱をしっかりと摑んで踏んばっていた。

「奴を引っかけたのは午《ひる》だった」と、老人は言った。「なのに、まだあいつの姿を見てない」

　あの魚を引っかける前に、麦藁帽子をぎゅっと目深に被ったせいで、額が擦《こす》れて痛んだ。喉も渇いてきた。握っている綱に滅多な力を加えないように気をつけながら、彼はそっと膝を突き、なんとか舳先へとにじり寄ると、水の入ったビンに片手を伸ばし、蓋を開けて少し飲んだ。そのまま舳先にもたれて身体を休めた。帆を巻いたまま寝かせてあるマストの上に座り、もうこうなったら辛抱するしかないと覚悟を決めた。

振り向けば、もはや陸地の姿は消えていた。だからどうしたってんだ、と彼は思った。ハバナの町の灯りをめざして帰ればいい。日が暮れるまで二時間ある。それまでにはやつも姿を見せるだろう。然《さ》なくとも、月が顔を覗かせる頃には上がってくるだろう。それも駄目なら、明日の日の出だ。体のどこも攣《つ》るようなこともないし、俺は大丈夫、元気だ。そもそも針に引っかかっているのは奴の方だ。それにしても、この強い引きはどうしたことか。きっとワイヤーをしっかり咥え込んでいるのだ。一体どんな奴なんだろう。自分がどんな奴と戦ってるのか、いっぺんでいいから見てみたかった。

魚は夜じゅうずっと進路も方向も変えなかった。老人が星の動きから判断したかぎりではそうだ。日が沈むと空気はひんやりとし、彼の背中からも両腕からも老いた脚からも、汗が引いてしまった。日のあるうちに、餌箱の上に被せてあった袋を外し、広げて乾かしてあった。日が沈んでから、彼は袋を首に結わえて背中に垂らし、肩に回した綱の下に慎重に差し込んだ。これで袋が綱のクッションになり、舳先にもたれればいくらか楽な姿勢になれた。実際のところは、どうにか耐えられなくはないという程度だったが、楽と言えなくもないと思うことにした。

双方とも手づまりだ、老人は思った。このままの状況がつづけば。

老人は一度立ち上がって船縁から小便をし、星を眺めて進路を確認した。肩から海中にまっすぐ伸びている綱が、夜光虫の連なりのように輝いて海中に消えている。いま舟は速度が落ちていて、ハバナの灯りが薄らいで見える。つまり舟は東に流されているのだ。ハバナの薄灯りが見えなくなれば、もっと東に舳先を向けているということだ、と彼は思った。もし魚の進む方向が変わらなければ、ハバナの灯はあと数時間ほど見えているはずだ。そういえば今日の大リーグの結果はどうだったのか。こんな時にラジオがあればいいのにな、と老人は思った。それから思った、そんなことが頭をよぎるようじゃダメだ。いま集中することは一つだけだ。余計なことを考えている場合じゃない。

それから老人は声に出して言った。「ああ、あの子がここにいりゃあいいのにな。手伝いにもなるし、こういうのを見せてもやれるのに」

年をとったらひとりぼっちはよくない、と老人は思った。だが仕方のないことだ。釣り上げたマグロを傷まないうちに食ってしまわないと。もうこうなったら体力勝負だから、食欲があろうがなかろうが、朝には食べることにする。これだけは覚えておかなきゃ、と老人は自分に言い聞かせた。

夜が訪れると、二頭のイルカが舟に近づいてきた。彼らが体をくねらせながら泳いだり潮を吹いたりするのを彼は聞いた。老人にはイルカのオスの激しい潮吹きの音と、ため息のようなメスの潮吹きの音を聞き分けることができた。

「いい奴らじゃないか」と彼は言った。「いっしょに遊んでじゃれ合って愛しあって。俺たちの兄弟だ、トビウオたちと同じで」

それで彼は引っかけた大物に憐憫《れんびん》の情を催してしまう。こいつはすごい奴だし変わり者だし、どれだけ長く生きて来たのかもわからない。こんな強者《つわもの》も、こんなおかしなふるまいも、これまでお目にかかったことがない。賢いのでむやみに跳ね上がらないのだろうか。跳ね上がったり、あるいはちょっと暴れるだけで、あいつは俺をやっつけられる。だが、あいつもこれまで幾度も針に引っかけられていて、戦い方を心得ているのかもしれない。相手が一人だとか、老いぼれだとか、そんなことを承知しているはずもない。それにしても、大した傑物だ。これで奴の身の質がよかったら、市場価格はどれくらいになるだろうか。餌への食らいつき方は男らしく、綱の引きの強さも男らしく、戦いぶりには少しの狼狽もなかった。奴には何か作戦があるのか、それとも俺と同じく必死なのだろうか？

老人は、つがいのカジキの片割れを引っかけたときのことを思い出した。カジキのオスは、餌を見つけたらメスにそれに食いつかせる。その時に引っかかったのもメスで、何とかこの危機から抜け出そうと恐慌に陥り、激しく暴れた末に、ほどなくして力尽きてしまった。その間ずっと、オスはもがき苦しむメスの傍を離れようとせずに寄り添い、綱の上を横切ったり、一緒になって海面をぐるぐる回ったりした。あまりに近くにいるので、尻尾で綱を切られやしないかと心配したものだ。あの尻尾は大鎌のように鋭く、大きさも形もそっくりだった。老人は手鉤を使って近くまでメスを引き寄せると、先端がザラザラした剣《レイピア》のような嘴《くちばし》をしっかり握りしめ、脳天を棍棒で、表面が鏡の裏側のような色に変色するまで叩いた。それから、少年の手を借りて、舟の中に引きずり込んだ。その間ずっと、オスは舟の傍を離れることはなかった。老人が綱を片づけ、今度は銛を使おうとすると、オスは舟のすぐ脇から空中高く跳び上がり、メスの様子を窺ってから海中深く潜っていった。ラベンダー色の胸びれを翼のように大きく広げ、胴体の太い縞模様の薄いラベンダー色をこちらに見せながら。あいつは美しい奴だった、と老人は思い出した。とにかく、奴は最後までメスの傍を離れようとはしなかった。

あんなに悲しいものは見たことがない、と老人は思った。少年も悲しんでいて、二人でメスに許しを乞いながら、然るべく彼女を解体したのだった。

「あの子がいてくれればなあ」と、老人は声に出して言い、丸っこい舳先の縁に寄りかかった。どこに向けて進んでいるのか、その方向に着実に泳ぎつづける大魚の強い推進力が、肩に回した綱を介して伝わってくる。

こうして俺の罠にはまったばかりに、奴はこれからどうするかを決めなければならなくなったわけだ、と老人は思った。

奴の選んだ道は、どんな罠も仕掛けも戦略も遥かに及ばぬ深く暗い水の底に潜むことだった。俺が選んだ道は、奴をほかの誰よりもしつこく追いつめることだ。世界中の誰よりも。だから、いま俺たちは正午からずっとこうして繋がっている。俺たちのどちら

い。

俺は漁師なんかにならなければ良かったんだろうな、と老人は思った。だが、自分はそう生まれついてしまったのだ。夜が明けたらすぐマグロを食うことを忘れちゃいけない。

夜明け少し前のことだった。老人の背後の船縁から垂らしておいた餌に、何かが食いついた。枝が折れ、綱が船縁を越えて滑り出していく音がした。暗闇の中、老人は鞘からナイフを抜き出すと、魚の強い力を左肩だけで受け止めながら、上体をねじって滑り出していく綱を船縁に押しつけて断ち切った。そして近くにあったもう一つの仕掛けの綱も切り落とし、予備の綱の端と端を闇の中で固く結びつけた。老人は片手だけで巧みにやってのけると、巻いた綱を片足で踏んで押さえ、結び目をきつく締めた。これで予備の綱が六本出来上がったことになる。さっき切り落とした仕掛けの綱の分が二巻きずつ、いま大物が食いついている綱の予備が二巻き、これですべてが繋ぎ合わされた。

夜が明けたら、船尾まで行って四十尋の深さまで垂らした綱も切り落としてしまい、予備の綱に繋ぐことにしよう。上等なカタロニア製の綱を二百尋分ばかりと、釣り針と鉤素も失うことになるが仕方ない。そんなのは取り替えがきく。しかし綱を切り放さずに仕掛けを海中に垂らしたままにして、別の魚がそれに食いついたおかげで大物を逃してしまったら、替えがきかないではないか？　さっき餌に食いついた魚が何なのか俺にはわからない。マカジキなのか、メカジキなのか、はたまた鮫か。アタリすら感じるひまがなかった。何しろ、すぐに切り離す必要があったからな。「あの子がいてくれたらなあ」と、老人は声に出して言った。

ないものねだりをしてもしょうがない、と老人は思った。とにかくやるべきことは、暗かろうが明るかろうが、最後に残った綱のところに行ってそれを切り離し、残りの二巻きと繋ぎ合わせることだ。

そうして老人は作業を終えた。だが、こう暗くては大いに難儀で、途中で一度、大物が大きくうねって、老人はそれに引っぱられてうつ伏せに倒れ、不覚にも目の下を切ってしまった。血が少し頬を流れた。しかし顎まで届く前に血は乾いて固まり、老人はどうにか舳先まで戻ると、舟板にもたれて一息ついた。綱と肩の間に差し入れておいた袋の位置を調整して肩への当たり具合を変え、綱をしっかり両肩で支えて、慎重に魚の引きを探る。片手は海面に浸して舟の進み具合をこまめに確かめた。

どうしてあんな暴れ方をしたんだろうな、と老人は考えた。大きく盛り上がった背中の上を何かの拍子で綱がこすったんだろうか。でも、奴の背中は俺の背中なんかとは比べものにならないほど頑強なはずだ。そのくらいのことで、あんな激しい動きをするものだろうか。とはいえ、奴がどんな大物か知らないが、いつまでもこの舟を引っぱってはいられないはずだ。こっちの問題になりそうなことはみんな解決済みだ。予備の綱も十分確保した。もう文句のつけようがない。

「おい、お前さんよ」と、老人は優しい口調で言った。「地獄の果てまで付き合ってやろうじゃないか」

たぶん奴も同じ気持ちだろう、と老人は思い、明かるくなるのを待った。夜明け前のこの時間は冷え、老人は暖をとろうと舟板に身を寄せた。根比べなら負けやしないさ、と老人は思った。ほんのりとした明るさが辺りに広がりはじめ、仕掛けの綱が見えた。依然としてまっすぐ海中に伸びている。舟はじりじりと先に進み、太陽がちらっと顔を覗かせたときに、一筋の輝きが老人の右肩に射した。

「奴は北に向かってる」と、老人は言った。潮に身を委ねているのなら、俺たちはもっと東に進んでいるはずだ。潮流に乗ってくれんものか。それは奴が疲れてきた証拠だから。

さらに太陽が高く上がると、この大魚には一向に疲れている気配がないことがわかった。歓迎すべき兆候が一つだけあった。大魚に繋がる綱の角度から、奴が浅めの海中を泳いでいることがわかった。それが海面に跳ね上がる兆候とは限らない。しかし、そうでないとも言えない。

「跳ね上がってくれ」と、老人は言った。「こっちにゃあいつを御するに十分な長さの綱がある」

いっそ少しばかり綱をきつく引き寄せてみるか、痛みに耐えかねて奴は跳ね上がるかもしれん、と老人は思った。もうだいぶ明るくなってきたことだし、跳ね上がったらどうだ。奴には背骨の下に沿った長い浮袋がある、跳ね上がって浮袋を空気でいっぱいにするがいい、そうすれば深く潜っても死ぬなんてことはないだろうよ。

老人は綱を引き寄せようと力を込めたが、綱は大魚がかかって以来ずっと張りつめたままだったので、いまにもちぎれる寸前だった。体をのけ反らせて綱を引いた瞬間、いやな手ごたえを感じ、もうこれ以上は無理だと老人は判断した。強く引っぱっちゃダメだ、と老人は思った。引っぱれば引っぱるほど針のかかった傷口が広がってしまい、跳ね上がった時に針が外れてしまうかも知れない。まあいい、太陽が出て気分も晴れやかになってきたし、目が開けられないほどの眩しさを感じることもない。

綱に黄色い海藻が絡みついていた。それは魚に負荷を課すのだと老人は知っていた。ありがたい。どうやら黄色いホンダワラのようだ。昨夜あんなに燐光を放っていたのは、この海藻だった。

「おい、魚君よ」と、彼は言った。「お前っていう奴は、本当にいい奴だし、実に見上げた奴だ。だが、今日という日が終わるまでには必ず仕留めてやるぞ」

実際そうなりゃいいが、と老人は思った。

一羽の小鳥が北の方から舟を目がけて飛んできた。ムシクイの一種で、海面すれすれを飛んでいる。老人はこの小鳥がとても疲れているのがわかった。

小鳥は船尾に舞い降り、そこで一休みした。それから飛び上がり、老人の頭の周りを旋回すると、居心地がよさそうだと思ったのか、釣綱の上に止まった。

「お前さん、いくつだい?」と、老人は小鳥に尋ねた。「初めての旅かね?」

小鳥は話しかけてくる老人の顔をじっと見つめた。小鳥はあまりに疲れていて、自分の足場が何であるか確認もせず、か弱い足で綱にしがみついて、ぎこちなく体を揺らしていた。

「綱なら大丈夫だ」と、老人は小鳥に話した。「がっちり安定してる。昨夜みたいに風のない夜に、そんなにバテてたんじゃ先が思いやられるぜ。そうだろ？」

鷹か、と老人は思った。鷹はこうした小物を狙って海まで飛んでくるのだ。だが、そのことは小鳥には言わずにおいた。小鳥には人間の言葉など通じないしな。それに、この小鳥もいずれ身をもって知ることになるだろう。

「可愛い小鳥君よ、ゆっくり休んでいきな」と、彼は言った。「一休みしてから、出発すればいい。とにかく何事も思い切ってやってみることだ、人間だって鳥だって魚だってな」

こんなおしゃべりで老人は明るい気分になった。昨夜から背中の筋肉が緊張しつづけていたおかげで、痛み出していたのだ。

「なんならここにいてもらってもいいぞ、小鳥君よ」と、老人は言った。「ちょうどいい風が出てきたから、帆を揚げてお前さんを連れて行ってやりたいところだが、すまんな、あいにくこっちにも連れがいるんでね」

ちょうどその時、大魚がいきなり暴れ出し、老人を舳先の方に引き倒した。とっさに体を踏んばって綱を繰り出していなければ、海に放り出されていたかも知れない。

小鳥は綱が引かれた瞬間に飛び去っていたが、老人は見送ることもできなかった。老人は右手で慎重に綱の具合を探ろうとして、手が出血しているのに気づいた。

「奴もどこか傷ついたかな」老人はそう声に出して言うと、大魚の進む向きを変えられるかどうか、ぐいっと綱を引いてみた。だが、ぴんと張った綱が切れそうになったので、重心を後ろに移して引きに耐えた。

「おい、そろそろ疲れてきたんじゃないか?」と、老人は言った。「それはこっちも同じだがな」

老人は辺りを見回して、さっきの小鳥を捜した。仲間がほしかったのだ。しかし、小鳥はすでに消え去っていた。

もっとゆっくりしていったらよかったのに、と老人は思った。ただし、海岸までの道のりは、そう楽なものではないぞ。それにしても、あいつに引っぱられただけで手にケガをするとは不覚だった。俺もヤキが回ったか。あの小鳥を見ていて気を取られたせいか。もう余計なことを考えず、大魚のことだけに集中することだ。そうだった、力をつけるためにマグロを食っておかなきゃならない。

「あの子がいてくれりゃなあ。あと塩も欲しいところだ」と、老人は声に出して言った。

老人は綱の重みを左肩に移して慎重にひざまずくと、ケガをした手を海に入れて洗い、そのまま海中に一分以上も浸していた。血が傷口から筋を引いて流れる様子をじっと見つめながら、舟の進み具合に応じて手が水を切る感覚を楽しんだ。

「奴も進む速度がだいぶ遅くなったな」

もっと長く海水に手を浸しておきたかったが、またもや大魚が暴れ出しやしないかが気になり、立ち上がって両足を踏んばって身を支え、太陽に手をかざした。綱に擦れて手が切れただけだ。だが、そこが一番使う部位でもあった。奴との勝負にケリをつけるには、どうしたって両手を使わなきゃならないのに、もう傷を負ってしまったのが気に入らなかった。

「さてと」と、片手を太陽に晒して乾かしたところで彼は言った。「あの小ぶりなマグロを食わなきゃならない。鉤で引っかけて寄せて、ここでのんびりいただこう」

彼は膝をつくと、船尾の舟板の下に押し込んでおいたマグロを、鉤を巧みに操って、巻き揚げた綱に引っかからないよう気をつけながら引き寄せた。奴のかかった綱を再び左肩に移し、左の手と腕で要領よく支えながら、鉤からマグロを外し、鉤を元あった場所に戻した。それから片膝でマグロを押さえつけ、頭の後ろから尾っぽにかけて、赤黒い肉にナイフを入れた。切り取った身は細長い楔形で、それを背骨から腹へと切ってゆく。六つの切り身に揃えると、舳先の舟板の上に並べ、ナイフの汚れをズボンで拭き取り、残骸は尾っぽを摘まんで海に投げ捨てた。

「全部は食えねえな」と、老人は言って、切り身の一つにナイフを入れて二つに分けた。綱にかかる重い力はゆるまることなく続いており、とうとう左手が攣った。重たい縄の食いこんだ手を、彼はうんざりと見つめた。

「どうしようもない手だ」と、老人は言った。「攣りたきゃ攣れ。鉤みたいな格好をしやがって。みっともねえ」

ああ、どうしようもねえなと、老人は思い、綱が斜めに沈んでいる暗い海面を見下ろした。さて、マグロを食うとしよう。力がついて手も元気になるだろうから。そもそもこの手が悪いんじゃない。実際、もう何時間も奴と闘ってきたんだ。だが、こいつはまだまだ続くかもしれない。だから、いまのうちに食べておかなきゃ。

彼は切り身の一つを摘まんで口の中に放り込み、ゆっくり嚙んだ。そうまずくはない。ゆっくり味わってよく嚙んで食べることだ。そうすりゃ滋養を逃さない。ライムがありゃいいんだが、それかレモンか塩か。

「おい、俺様の手よ、いまどんな具合だ？」と、痙攣《けいれん》を起こした左手に向かって彼は尋ねた。手はまるで死後硬直を起こしたかのように固まっていた。「じゃ、もっと食べておくか」

老人は二つに捌いた切り身の残りも食べた。よく嚙んだ後に、皮を吐き捨てた。

「どうだ、少しは効果があるか？　そんなに早くはわからんか？」

今度は切り身を丸ごと口に放り込んで嚙んだ。

それにしても血の気の多い魚だ、と老人は思った。捕まえたのがシイラじゃなくてよかった。シイラの肉はどこか甘ったるいんだ。あれは俺の好みじゃない。こいつは甘ったるさなんか皆無で、生きてた頃の力がみんな残っている感じがする。

益体もないことを考えても仕方ない、と彼は思った。いまはとにかく塩がほしい。そのままにしておくと、腐ってしまうか干上がってしまう。それじゃ、腹は減ってねえけど全部食ってしまった方がいいか。大魚は静かで暴れずにいる。この隙に残り全部を食べちまった方がいいだろう。そのあとは、いざ勝負だ。

「おい、俺様の手よ、ここが踏んばりどころだぞ」と、彼は言った。「お前のために食ってるんだからな」

できれば、あの魚にも食わせてやりてえなと老人は思った。奴は俺の兄弟だ。しかし、辛いことだが俺は奴を仕留めなきゃならない。そのためにも食べて力を付けておかなきゃならないだろう。ゆっくりと、そんな思いを込めて、彼は楔形の切り身を残さず腹の中に押し込んだ。

彼は背を伸ばし、ズボンに手を擦り付けた。

「さて、それじゃ」と、老人は言った。「しばらく綱を離してもいいぞ、俺様の左手よ。とりあえずお前さんのそのおふざけが終わるまで、右手だけで綱を操ってみようじゃないか」。それまで左手で握り締めていた綱を左足で踏みつけると、ぐっと腰を落として踏ん張った。

「神様、早く左手を治してください」と、老人は言った。「奴が何をしでかすか読めねえんだから」

しかし、奴はおとなしいな、と老人は思った。思い通りに事が進んでいるのだろうか。

だとしたら一体何だ。俺はどうしたらいい？　相手はあんなデカい魚だ、出たとこ勝負でなんとかするしかない。奴が海面に飛び出てくれれば仕留められる。だが、奴はずっと潜ったままだ。こっちはただ待つしかない。

老人は攣った左手をズボンで擦って、指をほどこうとした。だが、どうにも思ったようにほどけない。太陽の温かい日を浴びれば硬直は解《と》けるかもしれない、と老人は思った。あの精力のあるマグロが消化されれば指もほどけるかもしれない。いずれその手が必要となれば、どんなことをしてもほどくしかない。しかし、いまは無理にほどきたくはない。自然に解けるのを待とうじゃないか。なにせ夜じゅう、綱をほどいたり結んだりでずいぶん酷使しちまったんだから。

海原の遥か遠くに目をやり、老人は自分がどんなにひとりぼっちなのかを知った。しかし、暗い海中にはプリズムのような光彩があったし、前方には綱がずっと伸び、凪いだ海の不思議なうねりがあった。貿易風を受けて雲が湧き上がり、前方の澄みきった空に羽ばたく一群の鴨が、その鳥影を海面に映る空にくっきりと刻んでいた。鴨の鳥影は薄くなり、また濃くなり、彼は自分ほど海原でひとりぼっちの孤独を抱えた人間はいないのではないかと思った。

小舟を操って沖に出る輩の中には陸地が見えなくなるのを怖れる者もいる。天候が急変する季節なら、それも仕方ないし、いまはハリケーンの時期だった。だがハリケーンが来ないのなら、この時期は一年で最良の漁日和だ。

もしハリケーンが来るのなら、数日前から空に多くの兆候が現れる。海にいる者にしか気づけないが。陸にいると感知できないのは、見方を知らないせいでもある、そう老人は思った。陸上から眺める雲の形は、海上で見るのとまったく異なる。ともかくいまはハリケーンが来襲するような気配はなさそうだ。

ふと空を見上げると、アイスクリームを幾重にも重ねたような真っ白な積雲が浮かんでおり、その上に巻雲の薄い羽根が九月の高い空に広がっている。

「微風が吹き出したな」と、彼は言った。「俺のほうが有利だぞ、魚君」

左手は相変わらず攣ったままだったが、老人はそれをゆっくりほどきはじめた。

痙攣なんてうんざりだ、老人は思った。自分の体に裏切られたようなものだ。食中毒か何かで人前で下痢や吐き気を催すことはみっともないことではある。だが痙攣《カランブレ》って奴は——老人はそれを痙攣と呼んだ——ひとりぼっちでいるときに、こっちの自尊心を削ぐ。

もし、ここに少年がいてくれたら、手を摩ったり、前腕から下へと揉みほぐしてくれるだろうな、と老人は思った。まあいいさ、自然と指はほぐれていくだろうから。

その時だった。綱を引く力が変わったのを右手で感じ、海中に伸びる綱の角度が変わったのが見えた。老人は綱に抗して上体を曲げ、左手を激しく太ももに叩きつけたとき、綱が引っぱられる角度がだんだんと上向きになってきた。

「奴さん海面に上がってくるな」と、老人は言った。「さあ、手よ、お前の出番だぞ。

頼むから頑張ってくれよ」

　綱がゆっくりと着実にせり上がってきたと思ったら、小舟の前方の海面も盛り上がり、魚が姿を現した。すぐに全貌を露わにはせず、背中の両脇から海水がこぼれ落ちた。奴は陽の光の中で輝き、頭部から背中にかけては濃い紫色で、明るい陽射しが注ぐ横腹には淡いラベンダー色の太い縞模様が鮮やかに浮かんで見えた。嘴は野球のバットほど長く伸び、先端は鋭く尖った細身の剣のようだ。奴はようやく全身を見せたと思ったら、すぐにまた潜水夫のように滑らかに海中に潜った。大鎌のような巨大な尾が、海中に消えてゆくのを老人はじっと見つめた。そのとき、綱がするすると素早く出てゆくのが目に入った。

「奴はこの舟よりも二フィートも長い」と、老人は言った。綱は素早く出てゆくが、その速度は一定で、奴が慌てている様子は窺えない。老人は両手で綱を支え、どうにか綱が切れないようにしていた。綱を引きつづけて奴の速度を抑えておかないと、いずれ綱を全部引き出されて、切られてしまう恐れがある。

　こいつはすごい魚だ、そんな奴をなんとか説き伏せなきゃならないと、老人は思った。奴が自分の強さに気づかないようにしなくちゃならない。このまま突っ走ればどうなるか、奴に悟らせちゃならない。もし俺が奴の立場だったら、ここで一気に勝負に出るところだ。だが、ありがたいことに奴らは俺たちに比べれば知性に乏しい。奴らを仕留めようとしている俺たち人間とは違う。人間より品格があり、能力だって長けているのに。

これまで老人は大物を幾度となく見てきた。千ポンドを超えるようなのを見たことは数知れないし、それくらい大きな魚を獲ったことも二度ある。ただし、その時はいずれも一人ではなかった。いまはひとりぼっちだし、陸地も遠く見えない。そんな中で、いままで見たことも聞いたこともないような大魚と格闘している。しかも左手は依然として獲物を摑む鷲の爪のような形で固まったままだ。

だが、それもいつかはほぐれるだろう、と彼は思った。きっと左手は回復して右手の仕事を助けてくれるだろうさ。さしずめ、大魚と俺と両手は三兄弟とでもいった仲だろうか。左手よ、いつまでも攣ってる場合じゃないぞ。必ず回復しろよ。そんなのは本来の姿じゃねえ。大魚が再び進む速度を落とし、いつものペースに戻った。

どうして奴はさっきあんな風に跳ね上がったのか、老人は不思議に思った。いかにも自分の巨大さを見せつけるようだったじゃないか。とにかく、これで奴の図体の大きさがわかった。俺だって、自分がどれほどの者か教えてやろうと思ったが、そうするとこの不具合な左手まで奴に見られてしまう。俺がどんな人間であるか、実像より大きく見せたいし、そうありたいと願っている。いっそあの魚になって、意志と知性だけの俺に立ち向かってみたい。

老人は舟板にもたれかかって苦痛に耐えた。大魚は依然として着実に前に進み、舟は暗い海面をゆっくりと動いていた。東から風が吹きつけて、海面は波立ち、うねった。正午になる頃には、左手の具合がよくなっていた。

「お前さんにとっては悪い知らせだぞ、魚君よ」と、老人は言うと、肩にかけた袋の上で綱の位置を変えた。

体は楽になったが、苦痛はいまも続いている。だが彼は苦痛を認めない。

「俺は信心深い男じゃないが」と、彼は言った。「しかし、この大物を仕留めることができるなら、父なる神に十回祈りを捧げ、アベ・マリアを十回唱えたっていい。もし俺が奴を捕まえることができたならの話だが、コブレの聖母マリア様のお詣りにも行ってやるさ。約束する」

老人は機械的にお祈りを唱えはじめた。だが、こうも心身が疲れてしまうと、うろ覚えの箇所が出てこないことがあった。それでも早口で唱えれば、その勢いで案外、ぽろっと思い出すかもしれない。どうやら、父なる神よりもアベ・マリアの方が唱えやすそうだ、と老人は思った。

「ああ、マリア様、何と恵みに満ちた方か、主はあなた様と共におられます。あなた様は女のうちにて祝福され、ご胎内の御子イエスも祝福されています。ああ、神の母聖マリア様、わたしたち罪人のために、そして臨終に際しても、どうかお祈りください。アーメン」。それから、彼はつけ加えた。「ああ、どうかマリア様、あの魚の臨終に際してもお祈りください。あれは真《まこと》の傑物ですから」

祈りを終えると、だいぶ爽快な気分になった。だが、苦痛は相変わらずつきまとっている。いやむしろ、ひどくなっているかもしれない。老人は舳先の舟板に身をもたせかけ、左手の指を無意識に動かしはじめた。

　微風がゆるやかに吹きはじめていたが、さすがにいまの時刻の陽射しは強い。

「また短い綱に餌を付けて、船尾から垂らしておこうか」と、老人は言った。「奴がもう一晩、しつこく粘るなら、こっちもしっかり腹ごしらえしておかなくちゃならん。瓶の水も残り少なくなっているしな。まあ、ここら辺の海では、釣れてもシイラくらいだろうが、イキが良けりゃ、それも悪くないさ。今夜あたり、トビウオが舟の中にでも飛び込んでくれりゃいいんだが。だが、あいにく誘《おび》き寄せる灯りがない。トビウオは生で食ってもうまいし、切り身にする手間が省けるのでありがたい。いまは不用意に体力を消耗したくない。それにしても、あんなにでかい奴だとは思わなかった」

「だが、俺は奴を仕留めてみせる」と、老人は言った。「奴がどんなに偉大で栄光に満ちていようとも」

　もっとも、あまり褒められたものじゃないが、と老人は思った。しかし、人間の胆力でどこまで耐えられるかを、奴の頭に叩き込んでやらなければならない。

「あの子に、俺は変わり種の老人だ、と言ったことがあったっけ」と、彼は言った。

「だったら、いまこそ他人にはないその胆力を信じ、それを証明する時だ」

　これまで何千回もそれを証明したことがあったが、そこには何の意味もなかった。いま老人は再度それを証明しようとしている。毎回毎回が初挑戦であり、老人にとって大事なのは今であり、過去のことなどどうでもよかった。

あん畜生め、もうそろそろ眠ってくれないか。そうすりゃ、こっちもひと眠りして、ライオンの夢でも見られるんだが、と老人は思った。しかし、なんでライオンが夢に主役で登場するんだろう？　そんなことを考えても詮ないぞ、と老人は自分に言い聞かせた。とりあえず、こっちは舟板にもたれて身体をゆっくり休めよう。何も考えずに頭の中を空っぽにしようじゃないか。奴は動いている。こっちはできるだけ動かないようにしよう。

午近くなっても、舟は変わらず黙々と進んでいた。しかし、いまは東からの微風が味方してくれて、老人は海の小さなうねりをゆっくりと乗り越えてゆく。綱に擦れた背中の痛みもいくらか和らいできている。

午を過ぎてから、綱はもう一度動いた。だが、あの大魚は海面近くまで上がってきただけで、状況は前とあまり変わらない。キラキラ輝く太陽の光は、老人の左腕と肩と背中に注がれていた。それはつまり大魚が北から東寄りに進路方向を変えたのだと、老人は察した。

いまや大魚の全容を拝むことができたから、奴が紫色の胸びれを翼のように広げ、垂直に立ち上がった尾ひれで暗い海中を切って泳ぐ姿を容易に想像することができる。あんな深さのところを泳いでいて、果たしてどの範囲まで見えるのか、と老人は思った。確かに奴の目玉はでかい。馬なんかは、それよりも目が小さいのに夜目が利く。俺だって若いころは暗闇でもそれなりに遠くまで見えたものだ。もちろん真っ暗では無理だが、猫の目くらいには見えていたろう。

太陽の光と、絶えず指を動かしていたおかげで、左手の引き攣りは完全になくなり、老人は綱にかかる重さを左手に移し、背中の筋肉を動かして綱で擦られて痛む部位を少しずらした。

「おい、魚君よ。これでも疲れてないんなら」と、老人は声を上げて問いかけた。「お前さんはなかなか変わり者だな」

老人はだいぶ疲れており、もうすぐ夜の帳《とばり》が下りることも承知していた。敢えて何か別なことを考えるようにした。大リーグのこと、彼が『グラン・リガス』と呼ぶ、メジャーリーグの野球のことだ。今日はニューヨーク・ヤンキースとデトロイト・タイガー《ティグレ》ス《ス》の一戦がある。

試合《フェーゴ》の結果がわからなくなってから、もう二日目になる、と老人は思った。しかし、自分に自信を持つことが大切だ。あの偉大なる選手ディマジオに引けを取らぬように頑張らねばならん。ディマジオは踵《かかと》の骨棘《こつきよく》の痛みに悩まされても、仕事を完璧にこなした。ところで、骨棘とは何なのか？　老人は自問した。スペイン語では「骨の棘《ウン・エスプエラ・デ・ウエソ》」という。俺たちには無縁の病だ。軍鶏《しやも》の蹴爪が踵に刺さったみたいな痛みなんだろうか？　なら俺には我慢できそうもない。なにせ軍鶏は、片目を失おうが両目を失おうが一向にお構いなしと言わんばかりの気迫を込めて闘い続けるのだから。所詮、人間なんて、巨大な鳥や獣の敵ではない。やはり俺は暗い海の中のあの大魚になってみたい。

「鮫が襲ってこなきゃいいんだが」と、彼は声に出して言った。「鮫が来たら、俺も奴もたまったもんじゃない」

偉大なるディマジオだったら、果たしてどうするか。俺と同じくらい長い時間、あの大魚と渡り合えるだろうか？　老人は考えた。そりゃ、ディマジオは若くて強いんだから俺以上に踏んばれるだろう。奴の親父も漁師だったと聞いている。でも、踵の骨棘が痛んでしまってダメだろうか。

「そんなこと、わかるはずもねえ」と、老人は声に出した。「俺には、そんな経験がないんだから」

日が暮れる頃、老人は自信と活力を呼び戻そうと、遠くなった記憶を引き寄せた。かつて老人はハバナのカサブランカの酒場で、波止場で一番の力自慢と腕相撲をしたことがあった。相手はシエンフエゴスから来た黒人の大男だ。テーブルにチョークで線を引いた上にお互いの肘を据え、前腕を立てる。それから互いの手と手を動かないようにしっかり固定して闘いが開始された。それは一昼夜つづいた。テーブルに乗せた相手の手をねじ伏せようと、互いに渾身の力を振り絞る。周囲では賭けが盛んに行われ、灯油ランプの明かりが揺れる部屋に客が出入りする中、老人は黒人の腕と手と顔から目を離さなかった。最初の八時間が経過すると、審判は四時間ごとに交代して、睡眠をとっていた。両者の手の爪の下には血が滲みだし、互いに目と目で睨み合い、腕と手からも目を離さず、この勝負に賭けた連中が部屋を出たり入ったりし、あるいは壁際の背の高い椅子に腰かけて、勝負を見守っていた。部屋の周囲の壁は板張りで青く塗ってあり、灯油ランプが壁に影を投げている。黒人の影はひと際大きく、微風がランプを揺らすたびに、ゆらゆら揺らめいた。

オッズは一晩中、両者の間を揺れ動き、連中は黒人にラム酒を飲ませたり、タバコを吸わせたりした。するとラム酒を飲んだ途端、黒人は猛攻に転じて、老人の手を三インチほどテーブルに近づけた。だが老人もいまとは違い、チャンピオンたるサンチャゴ《エル・カンペオン・サンチャゴ》だ。すぐに巻き返して、手を真っすぐの位置に戻してイーブンにする。その時、老人は確信した、この素晴らしい選手であり好人物である黒人を打ち負かしたと。夜明けになり、この勝負に賭けた連中が引き分けでいいのではないかと言い出したが、審判は首を横に振った。その瞬間だ、老人は一気に渾身の力を込めて、あっという間に黒人の手をテーブルの上に押しつけたのだ。闘いが始まったのは日曜日の朝で、決着がついたのは月曜日の朝だ。賭けていた連中の大多数は、砂糖の荷積みやハバナ石炭会社で仕事をしなくてはならなかったから勝負を引き分けにしてほしいと言いはしたが、そうでなかったら、勝負がつくまでやらせろと全員思っていたはずだ。結局、老人の見事な勝利に終わり、どうにかみんな、それぞれの仕事に間に合ったという次第である。

その後の長い間、彼はチャンピオンの名声をほしいままにした。翌年の春にリターンマッチが行われたが、賭け金はお寒い限りで、老人は最初の試合でシエンフエゴス出身の黒人の自信をへし折ってしまっており、呆気なく勝利を収めた。それから幾度かその手の試合が行われたが、ある時に老人はぷっつりやめてしまった。その気になれば必ず勝てることがわかったのと、漁のことを考えたらいつまでも右手に負担をかけてはいけないと決心したからである。左手で戦ってもみた。だが左手には期待を裏切られつづけ、もう信用しなくなったのだ。

太陽の熱で温めれば回復するだろう、と彼は思った。夜の冷え込みが厳しくなければ、もう左手が攣ることはない。さて、今宵はどうか。

マイアミ行きの飛行機が真上を飛んでゆき、機影にびっくりしたトビウオの群れが海面を飛び跳ねるのが見えた。

「あれだけ大量のトビウオが跳ねたってことは、シイラもいるに違いない」と、老人は言い、背中に回した綱にもたれかかり、大魚を引き寄せられるものか試してみた。いや、ダメだ。綱はぴんと張りつめたままで動かず、綱の表面の水滴が激しく弾け飛んで、いまにも切れそうだ。舟はゆっくりと進んでおり、老人は機影が見えなくなるまでじっと目で追った。

飛行機に乗るってのはどんな気分だろう、と彼は思った。あんな高いところから海を見たら、どんな風だろう。あまり高く飛ばなければ、魚もよく見えるんじゃないか。二百尋くらいの高さから魚をじっくり観察してみたいものだ。海亀を捕る舟に乗っていた時分、マストのてっぺんの横桁から海を見下ろしたら、あそこからでもよく見えた。シイラは一層濃い緑色に見えるし、縞模様も紫の斑点も見えるし、泳ぐ群れの全体も見える。暗い海流に乗って高速で泳ぐ魚は、どうしてみんな背中が紫色に彩られて、その大部分に紫色の縞模様と斑点があるのだろうか？　シイラは緑色に見えるが、元々は金色を帯びた魚だ。しかし、ひどく腹を空かせて餌に食いつく時、横腹にカジキのような紫の縞模様が浮かび上がる。あれは猛り立つとそうなるのか、はたまた高速で泳ぐからなのか？　どうにもわからない。

　日が暮れるちょっと前に、舟はまるで浮島のようにこんもりと盛り上がったホンダワラのそばを通過した。小波に揺られてまったりとゆらゆら漂う藻は、あたかも黄色い毛布の下で海が何ものかと情交を結んでいるかのような風情だ。そんな時だ、短い綱の方にシイラが食いついた。まずシイラが海面から飛び出し、華麗に宙を舞った。消えゆく夕映えの中に金色の身を激しくくねらせ、勢いよく仰《の》け反《ぞ》った。シイラは恐怖のアクロバットを演じて幾度も跳ねた。老人は船尾の方ににじり寄り、そこに腰を下ろすと、右の手と腕を使って大事な太い方の綱を抱えこみつつ、左手でシイラを徐々に引き寄せ、手繰った分の綱を左足で押さえつけた。船尾まで引き寄せられた魚は、魚体を左右にばたつかせて逃れようともがきつづける。老人は船尾から身を乗り出すなり、金色の光沢に紫の斑点を散らした魚体を舟に引き込んだ。魚は顎を痙攣させながら釣り針に幾度も食らいつき、長く平らな魚体を尾から頭まで激しく船底に叩きつけ、老人がその金色に輝く頭部を棍棒で一撃するや、痙攣して動かなくなった。

　老人は魚が食いついていた釣り針を外し、餌のイワシをつけ直して海中に投げ入れた。

それから、彼はゆっくりと舳先の方に戻った。左手を海の水で洗い、ズボンで拭いた。太い綱を右手から左手に持ち替え、右手を海中に浸して洗った。そのあいだ、海に沈みゆく太陽と、海中に斜めに消えている太い綱を、じっと見ていた。

「あの野郎、まったく変わらねえな」と、彼は言った。しかし、右手をすり抜けてゆく海水の感覚から判断して、奴の速度が落ちているらしいことがわかる。

「オール二本を一つに束ねて船尾の外っ側に結わえておこう。そうすれば夜の間、奴のスピードを落とせる」と、彼は言った。「夜になってもへこたれない奴だからな。もっとも、こっちも負けちゃいねえが」

シイラを捌くのは、もう少し後にした方がよさそうだ。いまナイフを入れたら、肉からせっかくの旨味の血が逃げてしまう、と、老人は考えた。少し後回しだ。オールをくくりつけるのも後回し。いまは下手に構わないで、夕暮れ時は静かにしてやろう。夕暮れ時の魚は扱いにくいものだ。

彼は手を空気や風に晒して乾かしてから、綱を握りしめた。できるだけ体を楽にして、舳先にその身をゆっくりと預けた。そうすると、大魚が引っぱる力に対抗するのは、人間ではなく舟の方になる。それでいくらか楽にはなった。

どうやらコツが呑みこめて来たようだ、と老人は思った。いまのところはこんなもので結構だろう。それと、奴は餌に食らいついて以来、他に何も口に入れてないだろうことも憶えておこう。あの大きな図体を維持するには、相当な量の餌が必要だ。俺はマグ口を一匹食べた。明日は、このシイラをいただく。老人はシイラを「黄金の魚《ドラド》」と呼んだ。はらわたを抜くときに少し食べてもいい。マグロよりは食いにくいだろうが、まあ、万事自分に都合よくとはいかないものだ。

「お前さんのご機嫌はいかがなもんだい、魚君よ？」と、老人は大声で問いかけた。

「俺は万全だぜ。左手の具合もいいし、今夜と明日の分の食料もある。さあ、景気よく引っぱってもらおうじゃないか」

だが、実のところ絶好調という訳ではない。背中に回した綱の疼痛《とうつう》の症状は、痛みを通り越して異様な鈍い痺れになっている。しかし、もっとひどい目に遭ってきたじゃないか、老人はそう思った。右手はちょっとしたかすり傷程度だし、左手の引き攣りも消えた。両脚は大丈夫だ。食料も奴より万全だ。

周囲はもう暗闇に包まれていた。九月は暗くなるのが早い。老人は古びた舳先の舟板にもたれて、できる限り身体を休めようとした。夕空に星が輝きはじめた。老人はリゲル（オリオン座の恒星）という星の名を知らなかったが、これが現れると他の星が次々に輝き出すことは承知していた。間もなく、夜空の遠くにいる友人たちが見えるようになると。

「奴も俺の友だちの一人だ」と、老人は声に出して言った。「これまで、あれだけの大物は見たことも聞いたこともない。だが、俺は仕留めなきゃならない。空の星たちをやらなくてもいいのはありがたい話さ」

想像してみてくれ、もし毎日、月を殺そうとしなくちゃならないとしたら？　月は逃げ出すだろう。じゃ、毎日、太陽を殺そうとしなくちゃならなかったらどうだ？　そんなことにならなくて俺たちはツイている、と老人は思った。

　そこで老人は何も食べるもののない大魚に哀れみを感じ、しかし、だからといって奴を仕留めようという決意はいささかも揺らがなかった。あの大魚一匹で何人分の腹を満たせるだろう、と彼は考えた。だが、そんな連中に奴を食う資格があるだろうか？　もちろんない。あれだけの風格と威厳がある奴を食べるに値する人間などいない。

　俺にはむずかしい話はわからない、と老人は思った。だが太陽や月や星を仕留めなくてもいいというのはありがたい。海に生きて、真の兄弟である魚たちを殺すだけで充分だ。

　さて、奴の泳ぎを抑える手について考えておかなきゃいかん、と老人は思った。それには一長一短がある。もし奴が本気を出せば、綱を持っていかれた上に、まんまと逃げられてしまうかもしれない。オールの仕掛けを施せば、舟は重たくなる。舟が軽いままなら、お互いのしんどい時間を長引かせることになるが、こっちとしては安全だ。もしも、奴が馬鹿力を発揮して突然疾走でもしたら、たまったもんじゃない。いずれにせよ、まずはシイラのはらわたを抜いて腐らないように処理しておくことが大事だ。力をつけるために少しばかり食べておくか。

　一時間ばかり休憩しても問題ないだろう。奴が相変わらずの速度で動いていることを確認できればそれでいい。その後、船尾に行ってオールの作業をするかどうかを決める。

それまでは、奴の行動に変化が生じるかどうか見ていればいい。オールを括りつけることは確かに名案だが、安全を取ることが得策かもしれない。奴はまだまだへたばっちゃいない。さっきは奴の閉じた口の端に釣り針が引っかかってるのをこの目で見た。奴にとっちゃ、針なんて、大した苦痛でもないんだろう。辛いのは空腹感と、戦ってる相手の正体がつかめないということだけだ。なあ、じいさん、いまのうちに体を休めておけ。あんたの次の出番まで。その間は奴に任せておけばよい。

二時間は休憩しただろうか、老人はそんな感じがした。いまは月の出が遅いので、どうにも時間の感覚が普段より鈍る。体は休めても、気は休まっていない。幾分楽になった程度だ。肩に回した綱で大魚を引いていることに変わりはないが、左手は舳先の船縁にかけて、奴の引く力をますます舟に委ねるようにしていた。

綱を舟のどこかに括りつけておけばいいのだが、実際はそうもいかない、と老人は思った。そんなことをしたら、大魚がちょっと動いただけでも綱はすぐ切れてしまうからだ。だから、この身を使って綱が引かれる力を緩め、その時がきたら両手で綱を操れるようにしなきゃならない。

「それにしても、一睡もしてねえじゃないか、なぁ、じいさん」と、声に出して言った。「半日、一晩、そして丸一日とずっと寝てねえ。もし、奴がじっとしてくれるなら、どこかで寝るタイミングを見計らわなきゃ。このまま寝不足が続くと頭が働かなくなるぜ」

だが、まだ頭の方は大丈夫だ、と老人は思った。頭はすっきりし過ぎていると言ってもいいくらいだ。夜空に輝く兄弟分の星のようにすっきりしている。そうは言っても、とにかく寝なきゃだめだ。星は寝る。月も寝る。そして太陽も寝る。海だって、時には寝る。潮も動かず風もない静かな状態になることもあるのだ。

　とやかく言わず眠ることだ、そのことを忘れぬようにしないといかん、と老人は思った。綱には何か単純で確実な工夫をすればいい。船尾の方へ行って、シイラを捌く用意をしよう。眠るとなると、オールで舟の進みを重たくするのは危険かもしれない。

　眠らなくたって俺は平気だ、と老人は自分に言った。しかし、やめた方が安全だろうな。

　うっかり急に綱を引いて魚を刺激しないよう、四つん這いになって船尾へと近づいた。奴は浅い眠りに落ちているかも知れない、と老人は思った。しかし、奴を休ませたくない。命尽きるまでとことん曳かせたい。

　船尾まで辿り着いた老人は、体の向きを変え、両肩に重くのしかかっている綱を左手で押さえつけ、右手でナイフを鞘から抜く。星が煌々《こうこう》と輝いていて、シイラの姿がはっきり見える。その頭にナイフを突き立て、船尾の底から魚を引き出した。片足で体を踏みつけておいて、肛門から下顎の先まで一気に切り裂いた。それから、右手に握っていたナイフを傍に置いて、手ではらわたをきれいに取り出した。エラも丸ごと引きちぎった。胃袋がいやに重く、両手から滑り落ちそうだったので裂いてみた。中にトビウオが二匹入っている。新鮮で身がぎゅっとしまっていた。この二匹を並べて脇に置いた。さっき取り出したはらわたとエラは、船尾越しに海に投げ捨てた。どちらも青白い燐光を明滅させながら、ゆっくりと海中に沈んでいった。シイラはすでに冷たくなっていて、星の光に照らされて灰白色に見えた。老人はその頭部を右足で押さえ、片側の皮を剥いだ。それから、ひっくり返して反対側の皮も剥ぐと、頭部から尾にかけて刃を入れ、それぞれの側の身を背骨から切り離した。

骨ばかりになった魚の残骸を船縁からそっと海に滑りこませた。渦巻か何かが発生するかと思って、じっと目を凝らしたがその兆候はなく、残骸が小さな光を発しながらゆっくりと沈んでいくだけだった。老人は緩やかに体をひねって向きを変え、二匹のトビウオをシイラの二つの切り身の間に挟んだ。さっき使用したナイフを鞘の中に収めると、焦らずゆっくりと舳先へ戻った。背中で支えている綱の重みでいつの間にか前かがみになっていたが、シイラの切り身は右手で握りしめていた。

舳先に戻ると、舟板に二枚の切り身とトビウオを並べて置いた。両肩で支えている綱を新たな位置に移し、船縁に左手を添えて再び綱を支えた。次に船縁から身を乗り出して、自分の手に当たる波しぶきの速度に気をつけながら、トビウオを海水で洗った。シイラの皮を剥いたおかげで手が燐光を帯びており、そこに海水が当たるのを老人は見ていた。流れはあまり強くなく、老人が手の側面を舟の横腹に擦りつけると、燐光を放つ小片が剝がれ落ちて、舟尾の方にゆるやかに流れて見えなくなった。

「奴は疲れ果てたか、それとも上手に体を休めているのか」と、老人は思った。「じゃ、こっちはシイラでも食って、ひと眠りしようか。いまは体を休めるに限る」

満天の星の下、ますます募る冷え冷えとした暗闇の中で、老人は切り身の半分を食い、わたを抜いて頭を落としたトビウオを一匹口の中に放りこんだ。

「シイラって奴は火を通せばめっぽう旨いが、生だとひどいもんだ。今度、漁に出る時には塩かライムが必需品だな」と、老人は言った。

もう少し頭が働いていれば、日中の間に舳先の舟板に海水を撒き、それを乾燥させて塩を作れたんだが。とはいえ、あのシイラが引っかかったのは日暮れ近かったからな。準備万端とはいかなかった。それでも食えはしたし、気持ち悪くもなってない。

東の方から空に雲が集まりはじめていた。馴染みの星が一つまた一つと消えていく。まるで雲の大峡谷の中に乗り入れてゆくようだった。風もぴたりと止んだ。

「このぶんだと三、四日もすれば天気は崩れそうだな」と、老人は言った。「だが、今夜は大丈夫だろう。明日もよさそうだ。奴が静かなうちに、じいさんよ、眠ろうじゃないか」

彼は右手で綱を握ると、それを太ももで押さえつけた。その姿勢で全体重を舳先の舟板の方にかけた。それから、両肩を押さえつけている綱を少し下の方にずらして左手でも支えることができるようにした。

右手でしっかり綱を握りしめている限り大丈夫だろうと、老人は思った。眠っている間に手が緩んだとしても、綱の動きに何らかの変化が生じれば、左手が反応して気づかせてくれるだろう。右手はずっと苦痛を強いられることになるが、そういう状況にすっかり慣れっこになっているだろうから大丈夫だ。だから、二十分か三十分であっても睡眠を取ることができるというわけだ。老人は体全体で綱を押さえこむような格好で前方に身を倒した。そして右手に全体重をかけながら、浅い眠りについた。

彼の夢に出て来たのはライオンではなくイルカの大群だった。その群れは八マイルから十マイルも長く続いていた。カップリングの時期を迎えていることもあって、彼らは海面高く跳ね上がっては、海面に生じた大きな穴の中に再び飛び込んでいった。

次に見たのは、自分が村にいて、ベッドに寝ている夢だった。すこぶる激しい北風が吹いていて、とても寒かった。右腕を枕代わりに寝ていたものだから痺れて動かない。

それから夢の風景は長く続く黄色い浜辺に変わった。夕日を浴びて辺りが薄く照り輝く頃、浜辺に最初のライオンが現れ、それから次々と他のライオンたちが姿を現し、老人は舳先の舟板に顎を乗せ、沖合いに錨を下ろして夕暮れの陸風に揺られる船にいて、もっとライオンが出てくるだろうかと思いながら幸せな気分に浸った。

夜空に月が浮かんで久しいが、老人は依然として眠りつづけていた。大魚は相変わらず悠然と綱を引きながら雲のトンネルの中に滑りこんでいった。

綱を握っていた右の拳が顔に当たり、老人はとうとう目を覚ました。綱が右の手のひらを滑って海へ繰り出されていき、手のひらを灼《や》いた。だが左手には何の感覚もない。右手だけで勢いよく繰り出していく綱を必死になって食い止めようとするが、綱は走り出していく。ようやく左手が綱を探り当てた。老人は背中に回した綱を反り返って押さえようとし、今度は背中と左手に焼けつくような痛みが走った。左手にすべての力がかかったため、ひどい切り傷を負った。振り向いて巻き綱を見ると、するすると繰り出されている。その時だった、大魚が海面を巨大にはじけさせて跳躍し、重い音とともに落下した。それから魚は跳躍を繰り返し、舟は猛烈な速度で引きずられていった。一方で綱は勢いよく繰り出され、老人は綱が切れそうなぎりぎりのところで力を込めて張ったり緩めたりした。老人は舳先の方へつんのめるような前かがみを強いられ、シイラの切り身の中に顔がめりこんでしまっていたが、体をうまく動かせなかった。

これはお互いが待ちに待った瞬間のはずだ、と老人は思った。かくなる上は、とことんやってやろうじゃないか。

綱の貸しは返してもらうぜ。

大魚の跳躍は見られなかったが、海を引き裂く音と、奴が海の中に落ちる重い飛沫の音を聞いた。走る綱は握る手をひどく切り裂いたが、これは想定内であり、彼は綱が手のひらや指を傷つけず、皮膚の硬化した部分に当たるよう案配した。

あの少年がいてくれたら、綱を湿らせてくれるだろう、と老人は思った。そうさ、あの子がいてくれさえすれば。あの子がいてくれたら、どんなに助かるだろうか。

綱はどんどん繰り出されていったが、速度は落ちていた。大魚にとって、もはや一インチ綱を伸ばすのも一仕事なのだろう。老人は舳先の舟板から頭をもたげ、シイラの切り身に埋まっていた頰を上げた。それから、膝をつくとゆっくり立ち上がった。綱はまだ繰り出されているが、速度はすっかり落ちている。そこから巻き綱は見えなかったが、足が巻き綱を探り当てるまで後ずさりした。綱はまだたっぷり残っているから、魚は新しい綱の摩擦力と格闘しなきゃならない。

よし、と老人は思った。もう十数回も海面から跳んだのだから、背中の浮袋にたっぷり空気を取り込んだのに違いない。これで奴が深く潜って死んでしまい、深すぎて引き揚げられない、なんていう心配はなくなった。奴はもうすぐ旋回し始める、そこで仕留めなきゃならない。それにしても、奴はどうして急に跳ね回ったりして暴れ出したのだろう？　空腹感で自棄《やけ》になったか？　それとも真っ暗な闇夜の何かに怯えたのか？　ふいに不安に駆られたのかもしれない。だが、奴は悠然として豪胆で、あれほど怖れ知らずで自信に満ちた魚だったのだ。一体どうしたことか。

「あんたも自信をみなぎらせて怖れ知らずにならなきゃならんのだぜ、じいさん」と、老人は言った。「奴を捕まえちゃいるが、手繰り寄せられないままだ。そろそろ奴は回りはじめるぞ」

老人は綱を左手と両肩に移して身をかがめると、右手で海水をすくい上げて顔にへばりついていたシイラの肉片を洗い落とした。顔に貼りつけたままにしたら気持ちが悪くなって吐いてしまい、体力を消耗することを怖れたのだ。さっぱりしたところで船縁越しに右手を海水にしばらく浸しながら、夜が明ける頃の薄明をじっと眺めた。奴は東の方に向かっているな、と老人は思った。ということは、くたびれてきて潮の流れを利用しようとしている証だ。もうすぐ奴は回り出す。それからが本当の勝負だ。

そろそろいい頃だと判断した老人は、右手を海水から引き出して見た。

「そう悪い状態じゃない」と、彼は言った。「男たるもの、苦痛など問題ではない」

傷に綱が当たらないように注意して綱を持ち替え、体重をそっと移動させて今度は反対側の船縁から左手を海水に浸した。

「お前さんは大した働きもしてないと思っていたが、それなりにいい仕事をしてくれたな」と、老人は左手に向かって言った。「だが、いっときはお留守も同然だったぜ」

俺はどうしてまともな両手に恵まれなかったんだろう、と、老人は思った。しっかり鍛えておかなかったのは俺の責任だが、こいつだって、いろんなことを学ぶ機会は十分あったはずだ。昨夜は実によくやってくれたが。なにしろ、手が攣ったのも一度きりだったからな。いいか、この先また攣るようなことがあったら、今度は綱に切り落とさせちまうぞ。

こんなことを考えていたら、頭がぼうっとしてきているのに気づいた。もう少し、シイラの切り身を食べるか。いや、やめておこう、と老人は心の中で思った。もし吐きでもして気力と体力を消耗させたら元も子もない。いまの方がまだましだ。なにしろ、あの中に顔を突っ込んでしまったんだ、あんなもの食べたって力にならないし、気分が悪くなるだけだ。ただし、腐ってしまうまでちょっとした備蓄食としては使えるだろう。

それまで取っておけばよい。いまさら体力をつけたところで手遅れだ。おい、お前さんはバカか、しっかりしろ、と老人は自分に言った。トビウオがもう一匹残ってるじゃないか、それを食べればいいだろう。

きれいに処理したトビウオが一匹あった。これを左手で摑むと、骨も一緒に尻尾まで、全部むしゃむしゃ嚙んで食べ切ってしまった。

トビウオはどんな魚よりも栄養価が高い、と老人は考えていた。少なくとも、いま必要な体力くらいはつけられるはずだ。これでやるべきことはやった。後は奴に旋回してもらうだけだ。さあ来い。

老人が大海原に小舟で乗り出してから三度目の日の出とともに、奴が旋回を開始した。

綱の引かれる角度だけでは、この大魚が旋回しているのかどうか老人にはわからなかった。それはまだ先の話だ。わずかに綱を引く力が弱まっていることは感じていたので、右手でそっと手繰り寄せてみる。いつもの通り、綱はすぐにぴんと張ったが、切れそうになったところで綱が繰り込まれてきた。彼は頭越しに綱を肩から外すと、じっくり慎重に手繰り寄せはじめた。両手を交互に持ち替えながら、できるだけ胴体と両脚も使って引き寄せる。綱が繰り込まれるにつれて、老いた脚と肩を軸にして体が回転した。

「ずいぶんとでかい輪を描いてるな」と、老人は言った。「旋回していることは間違いないが」

そこで綱はもう繰り込まれなくなった。綱を押さえ込んでいるうち、綱から水滴が弾け飛んで陽の光にきらめくのを見た。綱が手元から離れて、スルスルと繰り出されていき、老人は膝をついて、綱が暗い海中に戻るままに任せた。

「いま奴は大きい輪から離れた遠いところまで大きく旋回してる」と、彼は思った。ここが我慢のしどころだ、と老人は思った。奴が旋回する度に、その輪はだんだん小さくなるだろう。あと一時間もすれば、御大のご尊顔を拝することができる。ここが潮時だと奴に観念させ、とどめを刺すのだ。

しかし、奴はゆっくり旋回しつづけた。二時間もすると、老人は汗みずくとなり、骨の髄まで疲労困憊してしまった。奴の描く輪は小さくなってきており、綱を引く角度からみて、徐々にではあるが海面に浮上しつつあることがわかった。

一時間ほど前から、老人の目の前に黒い斑点がチラつくようになっていた。汗が目に入り、痛みが走る。目の上と額にできた切り傷にも汗が染みる。黒い斑点だけなら気にすることはない。こんなに力んで綱を引いていれば、そのような症状が出るのも不思議ではないからだ。ただ気になるのは、二度ほど気が遠くなるような感覚に見舞われたことだ。

「こんな魚を前にドジを踏んで、くたばるようじゃダメだ」と、彼は言った。「せっかく奴がすぐそこまで来たってのに、神よ、どうか俺に踏んばらせてくれたまえ。主への祈りとアベ・マリアの祈りを百ぺん唱えたっていいんだが、いまはそんな暇はねえ」

とりあえず、祈りを捧げたことにしてくれ、と老人は思った。後でしっかり声を出して唱えるから。

ちょうどその時、両手で握っていた綱にだしぬけにアタリが来た。それは鋭く硬く重い手応えだった。

奴が槍のような嘴でワイヤーの鉤素を叩いてるんだ、と老人は思った。いずれそうなると思ってたが、やはりそうか。だとすると跳ね上がるかもしれない。いまそれは困る。とにかくぐるぐる回っていてくれ。浮袋に空気を求めて海面に跳ね上がろうとするのはわかるが、そんなことをされたら、釣り針を引っかけた口の傷が広がり、針が外れてしまうかも知れない。

「おい、跳ね上がるなよ」と、老人は言った。「いいか、絶対に跳ね上がるな」

奴は幾度もワイヤーを叩いた。その度に、老人は綱を少しずつ繰り出した。

奴に与える痛みはそこそこにしておかないといけない、と老人は思った。俺の苦痛は問題ない、どうにか我慢できる。しかし奴の痛みは奴を暴走させる。

しばらくすると、魚はワイヤーを叩くのを諦めて、ゆっくりとまた旋回しだした。老人はじっくりと腰を据えて綱を手繰り寄せる作業に取りかかった。だが、また一瞬、頭がくらっとした。そこで、彼は海水を左手ですくって頭にかけた。さらにもう一度、海水をかけて首筋を揉んだ。

「いまのところどこも引き攣ってはいない」と、老人は言った。「奴は間もなく浮上してくるはずだ。さあ、踏んばれ。俺は踏んばれる。そんなこと言わずもがなだ」

彼は舳先に膝をついた。束の間、綱を背中に回した。奴が遠くを旋回している間に、ちょっとでも体を休めよう。奴がこちら側に戻ってきたら、いよいよ本格的に立ち向かうのだと、老人は覚悟を決めた。

舳先で体を休めたらどうかという大きな誘惑が襲ってきた。このまま綱を手繰り寄せることもなく、奴には勝手に周囲を旋回させておいたらどうだと。だが、綱の引きが、奴が舟の方に向きを変えたことを告げると、老人はすぐに立ち上がり、体を軸にした回転運動を開始し、能う限りの綱を手繰り寄せた。

こんなに疲れたのは初めてだ、と老人は思った。おまけに貿易風が強まっている。しかし、これは奴と連れ立って帰港を果たすには、うってつけの風だ。これが欲しかった。

「奴がもう一度、向きを変えて遠退《とおの》いたら体を休める」と、彼は言った。「だいぶ気分が良くなってきた。あと二周、いや三周ほど奴が旋回したところで勝負に出ようじゃないか」

いつの間にか、麦藁帽子が後頭部までずり落ちていた。彼は奴が方向を転換する度に綱に伝わる張力を感じながら、舳先に座り込んだ。

そのまま動き回ってろよ、と老人は思った。今度こっちに戻ってきたらやってやる。

海がかなり波立っていた。だが、こっちにとってこの風は好ましい。これに港まで運んでもらえる。

「舵を南西に取れば、それで済む」と、老人は思った。「こうなりゃ、海上で迷子なんかにゃならない。なにせ、帰る島は横に長いんだ」

老人が初めて大魚の姿を目にしたのは三周目の旋回の時だった。

それはまず暗い影として見え、影が小舟の下を通り抜けるのに長い時間がかかり、体長の長さに老人は舌を巻いた。

「まさか」と、彼は言った。「こんな巨大だなんてありえない」

しかし、実際、奴はそれほどの大物だったのだ。大魚は三周目の旋回を終えて、わずか三十ヤード離れた海面に浮上し、その大きな尾が突き立つのを老人は見た。それは大鎌より高く聳え、濃紺の海面から突き出た淡いラベンダー色をしていた。それが海を切り裂いて沈み、奴が海面下ぎりぎりを疾走すると、その巨体と、それを包むように彩る紫色の縞模様がはっきり見えた。背びれは畳まれ、その大きな胸びれは左右に広げられていた。

旋回するうちに、老人は奴の目を見、そして奴にまとわりつくように泳ぐ二匹の灰色のコバンザメを見た。大魚にぴったりくっついているときもあれば、離れて泳いでいるときもあり、あるいはその陰に身を隠して気ままに泳いでいた。どちらも三フィートほどの体長で、素早く泳ぐ時にはウナギのように体をくねらせた。

老人は汗をかいていたが、それは太陽のせいではなかった。あいつが悠然と周囲を回る度に綱を手繰り寄せながら、あと二回めぐれば銛を打ち込もうと構えていたのだ。

もっと、もっと、もっと奴を近くに誘き寄せなきゃダメだ、と老人は思った。しかも、奴の頭じゃなくて心臓をちゃんと狙わなきゃいけない。

「落ち着いて強くあれ、じいさんよ」と彼は言った。

次の旋回で、奴は背中が見えるほどまで浮上したが、舟からの距離は少し開いていた。その次もまだ遠かったが、海面に浮き出る姿はさらに大きくなっていた。この調子なら、もう少し頑張れば、船縁まで引き寄せることができるはずだ、と老人は確信した。

すでに銛を打ち込む用意は万全だ。しっかりと結びつけた細い綱は一巻きにして丸籠の中にしまってあり、反対の端は舳先の杭に留めてある。

奴が回りながら近づいてきた。その様子はゆったりとして落ち着いている。そして何よりも美しかった。大きな尾だけが踊るように揺れている。老人はありったけの力を振り絞って綱をより近くに引き寄せた。一瞬ではあったが、奴がぐらついた。だが、すぐにまた立ち直ると旋回しだした。

「奴を揺らしてやったぞ」と、老人は言った。「揺らしてやったぞ」

老人はまた意識が薄れてぼうっとなるような感じがしたが、全力を尽くして奴をものにしようと努めた。とにかく、ここで奴をぐらつかせたことは大きい、と老人は思った。今度は仕留めることができるかもしれない。しっかり引き寄せるんだぞ、俺様の手よ、と彼は思った。脚も負けずに頑張れ。頭も最後まで辛抱してくれ。踏んばれ。大丈夫だ。今度こそ捕まえてやる。

奴が舟に向けてじりじりと近づく前から綱を渾身の力を込めて引き寄せているのに、

魚はちょっとぐらつくだけで、体勢を整えるや、ふたたび遠退いてしまう。

「お前さんよ」と、老人は言った。「いいかい、どっちみちお前さんは死ぬんだぜ。俺まで道連れにしようってんじゃないだろうな？」

　そんなことしたって何の意味もないじゃないか、と老人は思った。口が乾いて言葉もまともに出せなかったが、いまは飲み水の瓶に手を伸ばせる状況ではない。今度こそ、奴を舟に引き寄せなきゃならん、と老人は思った。ずっと奴の旋回につきあってたら、こっちの身がもたない。いや、大丈夫だぞ、と老人は自分に言い聞かせた。まだまだやれるさ。

　次の旋回では、もう少しで仕留められそうだった。しかし奴は体勢を立て直してゆっくり離れて行ってしまった。俺を殺す気かよ、これじゃこっちが参っちまうぜ、と老人は思った。まあ、お前さんにはその権利があるが。こんなに優雅なのも、美しいのも、堂々として気品に満ちてるのも、お前が初めてだ、なあ兄弟。さあ、かかってこいよ。どっちがどっちを殺《や》ろうと俺は構わないぜ。

　頭の中が混乱してるんじゃねえか？　と彼は思った。頭をすっきりさせとかなきゃいかん。頭をすっきりさせて、どうすりゃこの急場を凌げるか、一人の男として考えなきゃならない。いや、一匹の魚としてか。老人は思った。

「しゃきっとしろ、俺様の頭よ」と、自分にも聞こえないくらいの声で言った。「しゃきっと」

奴が二度、同じように旋回した。

一体どうなってるんだ、と老人は思った。意識が飛んでしまったような気がした。おかしいな、もう一度やってみよう。

彼はもう一度やってみた。奴の泳ぐ向きを変えさせた途端に、意識が消えかけた。奴はまた体勢を整え直し、あの大きな尾を宙に激しく揺らしながら、ゆっくりと遠退《とおの》いていった。

もう一度だ、と老人は決心した。だが、手のひらは無惨に引き裂かれているし、目もちかちかしていた。

さらにもう一度やってみたが、結果は同じだった。仕方ない、と老人は思った。今度は体を動かす前に、くらっと眩暈《めまい》がした。さあ、もう一度だ。

苦痛に耐え、残された力を出し尽くし、長く薄れていた矜持を呼び起こして、苦悶の権化たる大魚にぶつけた。奴は横倒しになって、ゆっくりこちらに寄ってきた。その細長い嘴が舷側に触れそうになり、そのまま舟の傍らをそっと通り過ぎてゆく、長く、深く、広く、銀色で、紫の縞模様に彩られて、水の中で果てしなく思えるような魚体が。

老人は綱を手放して足で踏みつけ、渾身の力を込めて銛を高々と振りかざし、さらに残りの力を振り絞って、自分の胸部ほどの高さにまでそそり立った巨大な胸びれの後ろの横腹に、勢いよく突き刺した。鉄がめりこむのを感じ、彼は体重をのせてさらに深く突き刺し、全体重をかけて奥いっぱいに押しこんだ。

次の瞬間、忍び寄る死の影を意識した大魚が生気を取り戻し、高く飛び上がって、その大いなる長さと広さを露わにし、その力量と美しさを見せつけた。奴は小舟の老人の頭上で一瞬、静止したかのように思えた。それから、その巨体は轟音とともに海中に飛び込み、激しい水飛沫を老人と舟の上に飛び散らせた。

老人は眩暈と吐き気を催し、目の前がよく見えなくなった。それでも銛の綱をもつれないようにほぐし、生々しい傷を負った両手の間からそれをゆっくりと繰り出す。やがて視界が明るくなって辺りが見えるようになると、奴が銀色の腹を晒している姿が目に入った。銛の柄が肩口辺りに斜めに突き刺さっていた。心臓から吹き出す血で、その周辺の海は真っ赤に染まっていた。初めのうちは、一マイルを超える深さの紺碧の海中にある暗礁のような暗い色だった。それは次第に雲のように広がっていった。大魚は銀色に輝く腹を露わにして波間に静かに漂っている。

老人は目に映った光景を注意深く眺めていた。それから銛に繋いだ綱を舳先の係船柱に二巻きにして括りつけると、両手で頭を覆った。

「頭をはっきりさせろ、じいさんよ」と、老人は舳先の横板にもたれながら言った。「俺はくたびれた老いぼれだ。なのに兄弟分の魚を殺っちまった。あとに残ったのはつまらねえ仕事だ」

まずは釣綱で輪っかを作って、こいつを小舟の脇に縛りつける準備だ、と老人は思った。あんな大物をこんな小舟に乗せたら、いくら奴と俺だけとはいえ、海水で水浸しになっちまう。そうなったら、どう頑張って掻き出そうとしたところで、しまいにはこの小さな舟が悲鳴を上げるに違いない。やるべき準備を怠っちゃいけない。それから奴を小舟に括りつけてマストを立てて、一目散に家路を急ぐことだ。

老人は大魚を舟の脇に寄せて、綱をエラから口に通して頭部を舳先にしっかり固定しようとした。奴を直《じか》に見てみたい。触ってみたいし、感じてみたい。奴は御利益を授けてくれる宝物だ、と老人は思った。だから奴に触ってみたいというわけじゃない。何より俺は奴の心臓に触った、と老人は思った。二度目に銛を押しこんだ時だ。さて、奴をこっちに引き寄せて尾っぽに輪をかけ、さらに腹にも縄を巻いて舟に括りつけりゃいいだろう。

「さあ、取りかかろうぜ、じいさん」と、彼は言った。少しだけ水を飲んだ。「ようやく勝負はついて、残るのはつまらねえ仕事ばかりだが」

彼はふと空を見上げ、それから大魚の方に目を向けた。太陽を注意深く見た。どうやら昼を過ぎたばかりのようだ、と彼は思った。そして貿易風が強まっている。もう綱の役目は終わった。帰ったら、少年の手でも借りて繋ぎ合わせよう。

「さあ来い、魚君よ」と、老人は言った。だが、大魚は来ない。仕方ないから、ゆらゆらと波間に揺れる大魚の方へ舟を近づけた。

魚体の真横に舟を寄せた。大魚の頭部と舟の舳先を並べてみて、その巨大さに驚愕した。何はともあれ、舳先の係船柱に巻きつけておいた綱を解き、それをエラから通して口から出し、鋭い嘴に一度回して巻きつけて、さらに反対側のエラに通してからもう一度嘴に巻き、二本の綱を結んで舳先の係船柱に巻いて固定した。次いで綱を切って船尾に移り、尾にも輪をかける。魚体はもともと紫色と銀色の混じった色だったが、それが褪せて銀一色に変わっていた。魚体を彩る縞模様も尾と同じ淡い紫色を帯びていて、縞の幅は人が五本の指を開いたよりも少し大きいくらいだ。大魚の目は潜望鏡の反射鏡か、並んで行進する聖者の目のように無表情だった。

「トドメを刺すには、あれしかなかった」と、老人は言った。水分を摂って、気分もいくらか良くなっている。もう眩暈がすることもないだろう。頭もすっきりしている。大魚の重さは千五百ポンドくらいだろうか、と彼は思った。もっとかもしれない。捌けば三分の二くらいは売り物になるだろうが、一ポンドあたり三十セントだとしたら、果たしてどれぐらいになるだろう？

「紙とエンピツがなけりゃ計算は無理だな」と、彼は言った。「本当はそれほど頭がすっきりしている訳じゃないが、あの偉大なるディマジオだって、今日の俺の働きっぷりを見たら褒めてくれるだろう。俺には骨棘とやらはない。でも両手と背中の痛みは尋常じゃない」。ところでその骨棘って、どんなものなんだろう、と老人は思った。もしかしたら、俺たちも知らずにそれに罹患しているかもしれないな。

老人は大魚を舳先と船尾と真ん中の座板にきつく繋ぎ止めた。あまりにも巨体なので、まるで小舟の脇側にさらに大きな船を括りつけたような格好だ。大魚の下顎と尖った嘴を一緒に縛りつけられる長さに綱を切った。こうしておけば、奴の口が開いてしまうこともなく、スムーズに帆走することができる。次いでマストを立てると、先端に鉤のついた道具《ギャフ》と、帆の裾を張る下桁も取りつけると、パッチワークの帆を張った。小舟が走り始めた。老人は船尾にもたれる姿勢で、船首を南西に向けた。

コンパスなどなくても、老人には南西の方向くらいわかる。貿易風が肌をくすぐる感触と帆の張り具合で十分だ。短めの綱に疑似餌をつけて海中に垂らしておいた方がいいかもしれん。もし何かが釣れれば空きっ腹を癒す足しにもなるだろうし、ささやかな水分補給としても役立つ。ところが残念なことに疑似餌が見つからないし、イワシはどれも腐っていて役に立たない。そこで、舟の脇で揺れていた黄色い海藻を手鉤で引っかけて勢いよく振ってみたら、その中に潜んでいた小エビが舟底に散らばった。十数匹を超えそうな数だ。浜辺にたむろするハマトビムシのようにぴょんぴょん跳ね回っている。老人は親指と人差し指を使って頭をもぎ取ると、殻と一緒に尾も口の中に放り込んで、むしゃむしゃと嚙み砕いて食べた。確かに極小のエビだが、この手のものは滋養があって、しかも旨い。

瓶の中には、まだ飲み水が二口分ほど残っている。老人は小エビを食べてから一口分の半分くらいの量を口に含んだ。重荷を抱えていることを考えると、舟は順調に海面を進んでおり、老人は舵の柄を小脇に挟みながら舟を操った。あの魚の姿が見えていた。じっと両手を見つめ、背中に船尾の板を感じていると、これは夢ではなく現実なのだと思えた。最後の土壇場で頭がおかしくなりかけた時には、これは現実のことではないと思ったりもした。そののち、あの魚が海から高く飛び上がり、落ちてくる直前に宙に浮いていたのを見た時、彼はこの世には大いなる不思議というものがあり、それに感嘆したのだった。

それから彼の目は不調になったが、いまはもう大丈夫だ。いま大魚がそこにいることもわかるし、手も背中も夢でないことを知っている。手の傷はすぐに癒える、と老人は思った。血は止まっているし、海水が治してくれる。メキシコ湾流の濃紺の海水は、どんな薬より傷口に効くのだ。あとは自分の頭をしゃきっとさせておくことだけだ。手はもう責務を果たしたから、こうして順調に海面を走っていられる。嘴を固く閉じて、尾を上げ下げして、俺たちは兄弟のように海を行く。また頭が少しぼんやりしてきて、彼は思った、いま奴が俺を連れていこうとしているのか、俺が奴を連れていこうとしているのか？　俺が奴を小舟の後ろに曳いているのであれば、疑問の余地はない。奴がすっかり威厳を喪失して舟に積み込まれているのであれば、やはり疑問の余地はない。しかし、実際は並んで進んでいるのだ。老人は思った、奴がそうしたいっていうんなら、俺が奴に連れていかれたって別に構いやしない。俺の方が小ずるい手管を知ってたってだけだし、奴の方も俺に危害を加えようなんて頭はなかった。

舟は滑るように前進し、老人は頭をすっきりさせておこうと、両手を海水に浸していた。空の高いところで積雲が発達し、その上に巻雲が発生していて、今夜は一晩中、風が止むことはなさそうだと老人は思った。老人は折々に大魚に視線を向け、これは現実だと確認していた。この一時間後、最初の鮫が襲った。

鮫の襲撃は偶然ではなかった。血が海中に黒い雲のように広がって一マイルもの海の深みに達し、この鮫はその深みからやってきたのだ。鮫は何の前触れもなく、素早く、蒼い海を割って高々と跳び上がり、陽を浴びた。次の瞬間には着水し、素早く匂いを嗅ぎつけて舟と大魚の航跡を追いはじめた。

鮫は時々、臭跡を失うこともあった。しかし、すぐにまた嗅ぎつけ、かすかな匂いも逃さず、猛然と追跡した。それはかなり大型のマコシャーク、いわゆるアオザメで、海中で最も速く泳ぐ魚の体型に相応しく美しかった。すべてにおいて完璧で非の打ちどころがないが、顎だけはいただけない。背中はメカジキのように青く、腹部は銀色に輝き、表皮は滑らかで凜としている。その巨大な顎さえなければ、メカジキそっくりで、いまその自慢の顎をしっかり閉じて海面の下を猛スピードで疾走しており、高く立てた背びれが揺らぐこともなく海面を切り裂いてゆく。閉じた二重の唇の奥には、八列の歯が内向きに隙間なく連なっている。普通の鮫によく見られるピラミッド型の歯ではない。何かを鷲摑みにしようとする時の人間の指先のような形をしている。長さは老人の指先ほどあり、カミソリのように鋭い両刃になっている。言うなれば、海のあらゆる魚に食らいつくことができるように設計された魚だ。素早く、強く、武装しており、どんな相手も敵わない。いまそのアオザメは生々しい餌の匂いを嗅ぎつけ、蒼い背びれで海面を切り裂きながら、速度を上げた。

老人は鮫の姿を見た瞬間、こいつは怖いもの知らずでやりたいことをやりとおす奴だとわかった。彼はすぐさま銛を握りしめ、近づいて来る鮫から目を離さずに銛に綱をしっかり結びつけた。だが、綱はさっき大魚を舟に括りつけるのに切り取った長さぶん短くなっていた。

老人の頭は冴えていて万全で、幾つもの作戦が思い浮かんでいたが、望み薄だと思ってもいた。いいことがずっと続くはずもない、と老人は思った。鮫が近づくのを見て、彼は大魚に一瞥をくれた。いっそ夢であった方がよかったろうか、と彼は思った。鮫の攻撃は避けられないにせよ、奴をギャフンと言わすぐらいのことはできるだろう。憎っくきアオザメ《デンツーソ》めが、と老人は思った。お前のお袋もくたばっちまえ。

鮫が素早く船尾に近づき、あの大魚に無情にも襲いかかった時に老人は見た、そいつの口が大きく開くさまと、その異様な眼と、大魚の尾のすぐ上に食いこんだ歯を。鮫の頭が海面の上にあり、やがて背中も露出しようとしており、大魚の皮が剝がされ、身がむしり取られる音が聞こえた時、老人は鮫の脳天に銛を打ちこんだ。鮫の両目を結ぶ線と鼻から背中への線が交差する一点を狙った。無論そんな線は実際にはない。そこにあるのは重たげな尖った青い頭と、大きな目と、歯をガチガチと鳴らし全てを食らう獰猛な顎だけだ。だが、そこに鮫の脳があり、この急所を老人は打った。老人は血まみれの両手で、渾身の力を込めて、この急所に思いきり銛を打ち込んだ。成功の望みは薄くとも、確固たる決意と純然たる敵意をもってそこを打った。

鮫は激しく仰け反りながら身をくねらせた。その目にあるのは死相だと老人は思った。鮫はもう一回、身を反転させ、綱がその体に二回り分巻き付いた。鮫はもう死んでいると老人は知っていたが、本人はその事実を受け入れようとはしない。鮫は仰向けになって海面で尻尾をばたつかせながら、顎をけたたましく打ち鳴らしていた。そして、モーターボートのようなスピードで海面を滑るように疾走した。鮫の尻尾が叩く海面は白く泡立ち、魚体は三分の二ほど海面上にあった。そこで綱がぴんと張り、小刻みに震え、切れた。鮫はしばらく海面を浮遊し、老人はその様子を見ていた。やがて、鮫は海中に沈んでいった。

「四十ポンドも食いちぎっていきやがった」と、老人は声に出して言った。そればかりか、大事な銛と綱もみんな持っていっちまった。大魚からは血が流れている。こうなると、他の鮫たちも匂いを嗅ぎつけて、次々とやって来るんじゃないか。

大魚は無残に傷つけられてしまっており、老人はそんな姿を見たくなかった。あいつが鮫に襲われた瞬間、まるで俺自身が襲われたような気がした。

だが俺は、あいつを襲った鮫を殺ってやった、と彼は思った。しかもあの鮫は、俺が見たなかで一番でかいデンツーソだった。俺がどれほどたくさんのでかい奴を見たことがあるかは神様がよくご存じだ。

話がうますぎた、そんなのいつまでも続くものじゃない、と老人は思った。いっそ夢であった方がよかったかもしれん。こんな大魚にめぐりあうこともなく、古新聞を敷いたベッドの上に一人でいりゃよかったかもしれん。

「しかし、男ってやつは負けるようにはできてないんだ」と、老人は言った。「ぶちのめされることはあっても、敗北はしない」。あんな風に奴を殺すんじゃなかったかもしれないな、と老人は思った。だがいまは難局にあり、大事な銛がないときている。あのデンツーソは残虐であり、能力も力も知性もある。だが知性じゃ俺の方が上だ。いや、果たしてどうだろうか。俺がまさっているのは武器だけかもしれない。

「余計なことを考えるな、じいさんよ」と、老人は声を出して言った。「このままの針路でいいじゃないか。いざという時には、潔く立ち向かえばいいことだ」

いや、ちゃんと考えなきゃいけない、と老人は思った。いまの自分に残されているのは、それだけなのだ。それと野球のこと。さっき鮫の脳天を打ち砕いた一撃、偉大なるディマジオが見ていてくれたら褒めてくれるだろうか。まあ、大したことでもねえが、と老人は思った。誰だって容易にできることだから。だが、両手がこの有様だと、骨棘と同じくらい不利なんじゃないか？　まあ、俺にはわからんが。昔、泳いでいる最中にアカエイをうっかり踏んづけて刺されたのを別にすれば、踵を何か患ったこともない。あの時は膝から下が痺れ、激痛で七転八倒の苦しみを味わったものだ。

「もう少し励みになるような明るいことを考えたらどうだい、じいさんよ」と、彼は口に出して言った。「刻一刻と家に近づいているんだぜ。四十ポンドの肉を剝ぎ取られた分、舟足も軽くなったんだ」

小舟が海流の内側に入ると、どんなことが起きるか、老人はよく知っていた。だからと言って、いまはどうすることもできないが。

「いや、待て、何らかの手段はあるはずだぞ」と、声高に言った。「オールの先にナイフを括りつけりゃいいんじゃないか」

早速、舵棒を脇に抱えこみ、帆綱を足で押さえつけながらその作業をうまくこなした。

「これでいいだろう」と、老人は言った。「年寄りだと思って甘く見るなよ。もう丸腰じゃねえんだぜ」

爽やかな微風を受けて、舟は順調に走った。大魚の前半分しか目に入れないようにしていたら、また希望が湧いてきた。

希望を捨てるなんてのは愚の骨頂だ、と老人は思った。自ら諦めるなんて心の罪だと言ってもいい。いや、そんなことは忘れよう、彼は心の中で思った。いまそんなことを考えている余裕などない。

問題は山積みなのだ。そもそも罪のことなど俺にはわからない。その正体がどんなものかもわからない。おそらく、魚を殺すことも罪なんだろう。それが自分の生命の糧になろうが、多くの人たちの生活のためであろうが、いずれにしてもやはり罪であることに変《か》わりはないだろう。そんなこと言っていたら、何でも罪になってしまうじゃないか。もう止《や》めた止めた、そんなことを考えるのは。いまさらそんなことを真剣に考えたところでもう遅いし、そうしたことは生業《なりわい》として専門に研究している輩に任せておけばよい。お前さんは漁師に生まれついたのだし、魚も魚に生まれついたのだ。聖ペテロも漁師だったし、あの偉大なるディマジオの親父さんも漁師なのだ。

だが、老人は自分にまつわることなら何でも考えることが好きだった。何せいまは読むものもないし、ラジオもない。だから罪のことが頭から離れない。そもそもだ、あの魚を殺したのは自分が生きるためだとか、売りつけて儲けるためだとか、そんな話じゃないんだ。俺があいつを殺ったのは矜持からであり、俺が漁師だからだ。俺はあいつが好きだった、奴が生きていた時も、そのあとも。あいつを愛してたなら、あいつを殺すのは罪にはならない。あるいは、もっと重い罪になるのか？

「どうやら考え過ぎのようだな、じいさん」。老人は声に出して言った。

だが、あの大物のデンツーソを殺るのは気分がよかっただろうよ、と老人は思った。あいつも俺と同じように生きている魚を食って生きてる同類だ。腐肉を食う奴ら《スカヴェンジャー》とも違うし、食い気だけが動いてるみたいな他の鮫とも違う。奴は美しく高貴で、何ものも恐れていなかった。

「奴を殺したのは、正当防衛だった」と、老人は声に出して言った。「そしてきれいに殺ってやったんだ」

そもそも、いかなるものも何かしらのかたちで何かを殺しているのだ。漁師の仕事は俺を生かしてくれるが、同時に俺を殺しもする。あの少年は俺を生かしてくれた、と老人は思った。だから俺はわが身に相応しく生きねばならん。

彼は船縁に身を乗り出し、大魚に手を伸ばして鮫が食いちぎったあたりの肉を少し摘みとった。口に放りこんで食べてみると、上質な旨味を感じた。牛肉のように身は締まってジューシーだが、赤身ではなかった。まったく筋っぽくないから、市場でも最高の値段がつくだろう。だが、ここから流れる匂いを海中から消すことはできない。いずれ厄介な事態に至るだろうと老人にはわかっていた。

微風が相変わらず吹いていた。ただし幾分、北東に向きを変えていたので、風はこのまま衰えることはないだろうと老人にはわかった。前方に目を凝らしても、帆も船体も煙突の煙さえ見えない。目に映るのは舳先の前を左右両側に飛び跳ねるトビウオと、ところどころに浮かんでいる黄色い海藻くらいだ。鳥は一羽も見かけなかった。

それから二時間、そんな調子で舟を進め、船尾で休みながら時々、大魚の肉を少し食べて体力をつけるように心がけた。その時、二匹の鮫のうちの最初の一匹が目に入った。

「あっ《アィ》」と、老人は声をあげた。それは言葉に置き換えることのできない声で、いわば単なるノイズ、たとえるなら手のひらを板に釘で打ち貫かれた者が思わず発する音とでも言えようか。

「このガラノー《サメ》めが」と、老人は声に出して言った。最初の鮫を追って次の鮫の背びれが迫るのが見えた。その茶褐色の三角の背びれと、薙《な》ぐように振るう尾ひれの動きから判断して、それがショベル形の頭をした鮫だとわかる。血の匂いに興奮し、大いなる飢えのもたらす愚鈍さに捉われて、狂騒のあまり臭跡を捉えたり見失ったりしている。だが着実に迫ってくる。

老人は帆綱を固く結びつけて舵棒をしっかりと固定した。それから先端にナイフを縛りつけたオールを握りしめた。オールをできる限り軽く握って持ち上げたのは、両手が痛むからだ。そっと手を開いたり閉じたりして加減を調整した。オールをぐっと握りしめるや、痛みが走り、だが決してひるまずに、彼は迫る鮫を見つめる。奴らの平らでシヨベルのような頭が見え、先端の白い幅広の胸びれが見えた。こいつらは獰猛で、臭くて、鮫のくせに殺しに飽き足らず腐肉を漁る奴らで、腹を空かせば、舟のオールや舵の柄までも食う。海面で微睡《まどろ》む亀の手足を食いちぎるのもこいつらで、腹が減れば、血を流していなくとも、海中にいる人間に襲いかかる。

「さあ《アイ》」と、老人は言った。「ガラノーめ。さあ来い、ガラノー！」

奴らが来た。だが、さっきのアオザメとは違うやり方で迫ってくる。まず一匹目が身を翻して舟の下に潜り込んで姿を消すや、舟を揺らす。奴が大魚に食らいつき、引きちぎっているのだ。もう一匹は黄色い裂け目のような細い目を老人に向け、半円形の顎を大きく開けて突進してくるや、さきほどの鮫が嚙んだ箇所に食らいついた。奴の褐色の頭から背中にかけて、脳が脊髄に繋がる線がはっきり見え、老人はオールに括りつけたナイフをその継ぎ目にぶちこみ、すぐに引き抜き、今度は猫の目のように黄色い目に突き刺した。すると鮫は大魚から離れて沈みはじめ、齧り取った肉片を吞みこみながら死んだ。

小舟はなおも揺れ続けている。もう一匹が大魚を破壊しているからだ。老人が帆綱を解くと小舟は大きく横に揺れ、鮫が見えるようになった。そいつの姿を見るや、老人は船縁から身を乗り出し、強烈な一撃を鮫に食らわした。だが、これでは鮫の肉を抉ったにすぎない。鮫の皮は硬く、ナイフを深く刺し込むことができないのだ。打った反動で老人の両手はもちろん、肩まで痛みが走った。鮫は猛然と海面に頭を突き出して迫り、老人はそいつが大魚に食らいつく瞬間を逃さず、平らな頭のど真ん中にナイフを突き刺した。老人はナイフを引き抜くと、まったく同じ箇所に再び突き刺した。鮫は大魚に食らいついて、なかなか離さない。老人は左目を突き刺した。鮫は依然として離れない。

「まだか?」。老人は言うと、脊椎と脳の間にナイフを打ちこんだ。容易《たやす》い一撃であり、老人の手に奴の軟骨が断ち切れる手応えが伝わった。オールを逆に持ち替え、老人は刃を鮫の顎の間に差し込んで、こじ開けようとする。差し込んだ刃先をねじると、顎が緩んで大魚から滑り落ちるように沈んでいった。「沈んじまえガラノーめが!　この海底は一マイルはあるぞ、底まで沈んじまえ。さっきのお仲間が待ってるぜ。それともあれはきさまのお袋か」

老人はナイフの刃を拭って、オールを置いた。それから帆綱を操って帆に風を孕ませると、これまでの針路に戻した。

「四分の一ばかり食われちまったようだ。しかも一番いいところを」と、老人は声に出して言った。「夢だったらよかったのにな、本当にはあいつを釣り上げなかったならよかったのに。悪いことをしちまったな、魚君よ！　こんなはずじゃなかった」。そこで喋るのをやめた。いまは大魚を見る気分ではない。血を抜かれ、波に洗われても、大魚の身体は鏡の裏の銀色で、そこを走る縞模様もまだ残っていた。

「俺はあんな沖まで出なくてよかったのさ、魚君よ」と、彼は言った。「その結果がこの有様だ。まったくすまんことをしたよ」

さて、と彼は自分に言った。ナイフがオールにしっかり結わえつけてあるか、チェックしろ。手もちゃんと動くようにしておけ。奴らはまだ他にもいる。

「ナイフを研ぐ砥石《といし》がありゃあな」と、老人はオールに括りつけたナイフの具合を調べながら言った。「砥石を持ってくるんだった」。前もって小舟に持ち込んでおくべきものはたくさんあった、と老人は思った。だがお前さんは持ち込まなかったんだよ。いまさらとやかく言ってもしょうがない。いまあるもので何ができるか考えろ。

「結構なご忠告だこと」と、老人は大声で言った。「もううんざりだ」

老人は舵棒を小脇に抱えて、両手を海水に浸した。小舟は前進している。

「さっき奴がどれだけ食っていきやがったか、神様だけがご存じだが、この舟が軽くなったのは確かだ」と、老人は言った。ひどく食い荒らされているだろう大魚の下側など、想像もしたくなかった。鮫がばたばた暴れるたびに肉片が撒き散らされ、この大魚へ通じる臭跡は、海原に敷かれたサメ街道みたいになっているに違いなかった。

奴は一人の人間が一冬越せるだけの大物だったんだが、と老人は思った。いや、そんなことを考えるのはやめよう。とにかく心身を休ませて、両手の調子も整えなきゃならない。せめて残った分だけでも守り抜け。もうこれだけ臭いが広がってるんだ、俺の手から出る血の匂いなんぞ大した意味もない。それに大して血も出ていない。大した怪我じゃないのだ。場合によっちゃ、血が出たおかげで左手の攣りが治るかもしれん。

いま何を考えたらいいんだ？　老人は自問した。考えることなんか何もない。とにかく何も考えずに、次に来るべきものを待つ。これが夢だったら、どんなによかったか、と老人は思った。どうだかわからんが。もしかしたら何もかも順調に進んでいたかもしれないからな。

次に来たのはショベル頭が一匹だった。その勢いは餌桶の餌を漁る豚のようだったが、ただしこの豚には人間の頭をすっぽり呑み込めそうな大きな口があった。老人は大魚に嚙みつかせておいて、オールに括りつけたナイフで脳天を突いた。だが、奴が大きく身を反らしたはずみで、ナイフの刃先が折れた。

老人は小舟の舵取りに気持ちを集中させた。ゆっくりと海中に沈んでゆく大型の鮫に目もくれなかった。鮫の影は等身大から小ぶりになり、ついには小さくなって見えなくなった。いつもだったら、老人はそれに魅了されたものだった。だが今は目もくれなかった。

「まだ釣り用の鉤《ギャフ》がある」と、老人は言った。「だけど、あれじゃ役にもたたないか。

となると残るは二本のオールと舵棒、それと短い棍棒か」

奴らにしてやられた、と彼は思った。この歳じゃ、棍棒で鮫を叩き殺すのは無理だ。だが、オールと舵棒と短い棍棒がある限りはやってみるか。

老人はふたたび両手を海水に浸した。そろそろ夕闇に包まれる頃だが、見渡すところ大海原と大空しか目に映らない。上空では以前よりも風が強くなっている。早く陸地が見えてくるといいんだが。

「疲れたよなぁ、じいさん！」と、彼は言った。「もうへとへとだろう」

鮫がふたたび襲ってきたのは日没の直前だった。

老人の目には、接近してくる茶褐色の背びれが映った。大魚が海中に曳く幅広い航跡を追うかのように。もはや大魚の匂いにつられてという段階ではなかった。二匹の鮫が横に並んで、まっしぐらに小舟へ突進して来た。

彼はまず舵棒を固定し、そして帆綱をしっかりと索止めに縛りつけると、船尾の底に仕舞っておいた棍棒に手を伸ばした。それは折れてしまったオールを二フィート半ほどに切断したものだ。握り具合からして、片手で握って使った方がいい。それを右手で固く握りしめた。そして、手首をしならせながら、近づく鮫を見つめた。二匹ともまたガラノーだ。

最初のガラノーに食いつかせておいて、鼻先か脳天を思いきりぶっ叩くことにしよう、と老人は思った。

二匹のガラノーが同時に迫ってきた。手前の奴が大魚の銀色に輝く腹に嚙みつくや、老人は棍棒を頭上高く振りかざし、鮫の平べったい頭へ、ありったけの力を込めて振り下ろした。ゴムの塊を叩くような硬質の弾力が手に伝わった。だが骨の硬さも同時に感じ、そいつが大魚からずり落ちてゆくところを、鼻先にもう一発ぶち込んだ。

大魚を小突いていた方の鮫が、とうとう大きな口を開けて襲いかかってきた。そいつが大魚に勢いよく嚙みつく瞬間、その顎の端から彼の魚の肉が白くこぼれ落ちるのが見えた。老人は棍棒を振り下ろしたものの、頭を打ったにすぎず、鮫は老人を睨みつけると、肉塊を食いちぎった。肉を飲み込もうと鮫が退いた瞬間、老人はふたたび棍棒を振り下ろしたが、硬いゴム塊を叩いたような重い感覚が返っただけだった。

「さあガラノーよ、来い」と、老人は言った。「かかってこいよ」

鮫は猛然と襲いかかってきた。奴が顎を閉じる瞬間を狙って、老人は棍棒を振り下ろす。今度は棍棒を思いきり高くかざし、強烈な一撃を加えた。脳の底にある骨に当たった手応えを感じ、もう一度、同じところを打った。鮫は大儀そうに肉片をかじり取ると、大魚の身体から離れてずり落ちていった。

また襲いかかってくるかと老人は警戒したが、どちらの鮫も姿を現さなかった。しばらくして、一匹の鮫が海面を旋回しているのを見たが、もう一匹は背びれさえ見せなかった。

奴らを仕留めるのは諦めよう、と老人は思った。元気だった頃ならできたかも知れないが。だが手ひどく痛めつけてやったから、どちらも痛手を負っているはずだ。もし、俺が両手を使って棍棒を振り下ろしていたら、間違いなく最初の鮫の息の根は止めていただろう。それくらいいまだってできるさ、と老人は思った。

大魚を見たくなかった。魚体の半分は破壊されてしまったとわかっていた。鮫たちと格闘している間に陽は海に沈んでいた。

「もうすぐ暗くなるな」と、老人は言った。「そうすりゃ、間もなくハバナの街明かりが見えてくるだろう。たとえ東に寄り過ぎていたとしても、どこか別の浜辺の灯りが見えてくるはずだ」

ここまで来りゃ、もう陸地は近い、と老人は思った。誰にも迷惑かけてなきゃいいんだが。あの少年だけは別か。さぞかし心配してるだろうなぁ。だが、あの子は俺のことを頭から信用しているから大丈夫だろう。年寄りの漁師連中は気を揉んでいるに違いない。他にもそんな連中はたくさんいる。俺はつくづくいい街に住んだものだと思う。

もはや大魚に話しかけることができなかった。ひどくズタズタになってしまったからだ。だが、ふと頭をよぎったことがある。

「なあ、半分になってしまった魚君よ」と、老人は言った。「俺に出会う前はちゃんとした魚の形をしていたのにな。いまはこのザマだ。俺が遠くまで出漁したばかりにな。二人とも散々な目に遭った。でも、二人で力を合わせて、随分とたくさんの鮫を始末したじゃないか。お前さんと俺とで他にもたくさん痛めつけてやった。なあ、お前さんはどれくらいの数仕留めてきたんだ？　その頭の槍だって伊達につけているわけじゃあるまい」

　この魚が気まぐれに泳いでいた時に、鮫に遭遇したら、どう立ち向かっただろうか、と考えると愉快だった。いまにして思えば、あの鋭い嘴をちょん切って、鮫と闘う武器にすればよかった、と彼は思った。だが、ここには斧もナイフもなかった。

だけど、あれをオールの先端に括りつけることができたら、結構な武器になったかもしれない。そうしたら、俺たちは一緒に相手に立ち向かうことができたろう。これから夜になる、奴らが襲撃してきたらどうする？　どう対応すればいい？

「決まってるじゃないか、闘うのさ」と、彼は言った。「俺は死ぬまで闘うつもりだ」

　しかし、いま漆黒の闇に包まれ、いかなる光も灯も見えず、ただ風と、進む小舟だけがある中で、老人はふと、自分はすでに死んでいるんじゃないかという気になった。そっと両手を合わせて、感触を確かめた。どうやら手は死んでないようだし、手のひらを開いたり閉じたりすれば、生きている証の痛みを感じる。船尾にもたれかかれば、まだ生きていることが確信できた。両肩の感覚がそのことを教えてくれた。

　大物を捕まえたら、ありとあらゆるお祈りを唱えると約束したっけ。老人は思った。だが、いまはまだくたびれすぎている。また袋を肩に添えて当て布にした方がよさそうだ。

　彼は船尾に体を横たえて舵を取りながら空に薄明を探した。まだあいつは半分残っている、と老人は思った。運がよけりゃ、半身は持ち帰ることができる。それくらいの運は残されているだろう。いや、それは違う、と老人は言った。遠い沖合まで出漁したことで、お前さんの運はすでに尽き果ててしまっているんだ。

「バカ言っちゃいかん」と、老人は大声で言った。「目ん玉をひんむいて舵をしっかり取れ。まだわからんぞ」

「運が売られているなら、買いたいくらいだ」と、老人は言った。

じゃ、どうしたらそれを買えるんだ？　老人は自問した。銛は失ってしまったし、ナイフは折れちまったし、両手はこのザマだ。これで何を買えるというのか？

「案外、買えるかもしれねえぞ」と、老人は言った。「例の八十四日間に、お前は運を買おうとしたろう。で、もう一歩で買えそうなところまできたんじゃないか」

考えたってしょうがないことは考えないことだ、と老人は思った。運というものは、いろんなかたちでやってきて、それとわかるものじゃない。どんなかたちであろうが構わない。貰えるんなら、ありがたく頂いて、それなりの対価を払おうじゃないか。いまはただ陸地の光を早く見たい、と老人は思った。欲を言えばきりがない。いまの切実な願いはそれだ。少しでも楽な姿勢を取ろうと体を移動させると、節々が痛んで、自分はまだ死んでいないとわかった。

ハバナの街明かりを老人の目が捉えたのは、夜の十時頃だったか。初めのうちは、月の出るときの空の仄《ほの》明かりのようなぼんやりした光だった。やがてそれは、いや増す風に荒れだした海原にかかる確かな明かりとなった。彼は明かりに向けて舵を取った。もうすぐメキシコ湾流の縁だ、と老人は思った。

どうやら終わりのようだ、と彼は思った。また奴らの襲撃を受けるかもしれない。そうなったらどう闘える、この暗闇で武器もないのに？

体がこわばり、ひりひりして、傷や緊張を強いられた身体のありとあらゆる箇所が夜の冷え込みのせいで痛んだ。もうこれ以上、闘うなんてごめんだ、と老人は思った。絶対にごめんこうむる。

しかし真夜中近くに、老人は闘う羽目になり、今度は老人も、意味のない闘いだと承知していた。奴らは群れを成してやってきた。老人に見えたのは、奴らの背びれが海面に引く独特な線と、奴らが彼の魚に食いつくたびに放たれる燐光だけだった。老人は奴らの頭を棍棒で叩きまくり、鋭い牙が大魚を食いちぎる音を聞き、奴らが舟底を揺らす振動を感じた。老人は気配と音だけを頼りに遮二無二叩いたが、何かが棍棒を捉えたと思った矢先に、あっという間にそれを失っていた。

彼は舵棒を引き抜き、両手で握りしめて、ひたすら叩きまくった。そうするしか方法がない。だが奴らは舳先に回り、次から次へと、あるいは一斉に食らいつき、彼の魚の肉を食いちぎり、奴らがふたたび襲いかかろうとしている海中で、肉片がぼんやり光っていた。

とうとう一匹の鮫が大魚の頭にがぶりと噛みつき、ああ、これで一巻の終わりだと老人は思った。しかし、大魚の頭が重すぎて、鮫は肉に食らいついたまま、思うように食いちぎることができないでいる。その脳天に老人は舵棒を振り下ろした。一度、二度、そして三度と振り下ろした。老人は舵棒が折れるのを聞き、舵棒の断端で鮫を突き刺した。それが刺さるのを感じ、先端が十分に鋭いことを知り、もう一度、力いっぱい突き刺した。鮫は身を反らせて大魚から離れた。それが群れを成して襲来した鮫の最後の一匹だった。もはや、食らいつく肉はなくなっていた。

老人は息が上がっていた。口の中に不快な味がする。銅のようで甘ったるく、いっとき不安に襲われた。だがそれもすぐに消えた。

老人は海に唾を吐いて、言った。「これでも食らえ、ガラノーめ。人間を噛み殺す夢でも見てろ」

こっぴどくやられちまったな、と老人は思った。船尾に戻ると、折れた舵棒の片割れは、上手く押し込めば舵穴にはまるようだ。まだ使い物になる。ふたたび袋を肩に添えて当て布にし、舟を針路に乗せた。小舟は軽快な調子で海上を走り、もはや何かを考えることもなく、何についても何の感情も芽生えない。すべては過去となり、彼はただ母港に首尾よく辿り着くべく、知力を尽くして舟を進めた。夜中に、テーブルのパン屑を漁るように、鮫たちが大魚の残骸を襲ってきた。老人はまったく気にしない様子で、ひたすら舵を取ることに専念した。舟の脇の荷が軽くなったせいで、軽快に針路を進んでいることだけを感じていた。

この舟は大丈夫だ、と老人は思った。どこも傷ついていない。舵棒が折れただけで、そんなものは簡単に交換することが可能だ。

老人は海流に乗ったのを感じ、海岸沿いに広がる集落の灯が見えた。これで現在の位置もわかった。難なく無事に帰港できる。とにかくも風は我らが味方だ、と彼は思った。時と場合にもよるが、と心の中でつけ加える。広大な海には敵も味方もいるのだ。そうだ、ベッドもだ。ベッドはさぞ素晴らしいことだろう。打ちのめされた時も寛がせてくれる、と彼は思った。どんなに安らかなものなのかこれまで知らなかった。自分を打ちのめすものが何であるのかも。

「打ちのめされたわけじゃねえ」と、老人は声を出して言った。「遠くまで行きすぎただけのことさ」

小さな港に辿り着くと、〈テラス〉の店の灯りは消えていて、みんなベッドにいるのだとわかった。風の勢いは増し、いまは本格的に吹き荒れている。それでも港の中は静かで、老人は岩場の下に広がる小ぢんまりとした砂利浜に小舟を乗り入れた。手を貸して助けてくれる人もいないので、自力でなるべく砂浜の上まで乗り上げた。それから小舟から降り、岩に繋いだ。

老人はマストを取り外し、帆を畳んで巻きつけた。それからマストを肩に担いで坂を登り始めた。疲労の深さを老人はこの時に思い知った。ふと足を止めて後ろを振り返れば、大魚の巨大な尻尾が船尾の向こうで街灯の輝きを反射して、そそり立っていた。背骨の剝き出しの白い線も、鋭い嘴が突き出た黒い塊のような頭部も、そしてその間の虚無も見えた。

老人はふたたび斜面を登り始め、てっぺんで前のめりに倒れ伏し、肩にマストを担いだまま、そこに横たわった。起き上がろうとした。だが、身体が思うように動かないので、マストを肩に抱えたまま座りこみ、前方の道をじっと見つめた。一匹の猫が何か用事でもあるのか、道の向こう側を急ぎ足で通りすぎてゆき、老人はそれをじっと見ていた。そのあとも彼は道を見ていた。

ようやくマストを下ろすと、老人は立ち上がった。マストを拾い上げて肩に担ぎ、道を歩き始めた。小屋にたどり着くまで、五回も座りこまなくてはならなかった。

一息ついてから小屋の中の壁にマストを立てかけた。老人は暗闇の中で水の入った瓶を探り当て、一口飲んだ。そしてベッドに横たわった。毛布を肩まで引き上げ、次いで背中と脚にもかかるようにした。それからベッドの上に敷かれた古新聞にうつ伏せになると、両腕を前へ伸ばし、手のひらは上向きにして眠りに落ちた。

朝を迎えて、少年が戸口から覗いてみると、老人はまだ眠っていた。今日の風はめっぽう強く、舟は出ないだろうと踏んで、少年は遅めに起床して、いつものように老人の小屋にやって来たのだ。少年は老人が寝息を立てているのを見、それから老人の両手を見て、泣きだした。静かに静かに小屋を出て、コーヒーを持ってこようと道を歩いている最中も、彼は泣いていた。

小舟の周りに大勢の漁師たちが群がり、脇に括りつけられた物体を見つめていた。一人の漁師はズボンの裾をたくしあげて水の中に入り、綱を使って残骸の大きさを測っていた。

少年は浜辺には下りなかった。すでに見ていたからだ。少年の代わりに、一人の漁師が小舟の後始末をしてくれていた。

「奴の具合はどうだい？」。一人の漁師が叫んだ。

「眠ってる」と少年が答えた。少年は泣いている姿を人に見られても気にしなかった。

「邪魔せずに寝かせてあげてよ」

「鼻先から尻尾まで十八フィートの大物だぞ」。大きさを測っていた漁師が大声で叫んだ。

「それくらいありそうだよね」と、少年は言った。

彼は〈テラス〉に行き、コーヒーを缶に入れてくれるよう頼んだ。

「熱くしてね。牛乳と砂糖もたっぷり入れて」

「他には？」

「いや、とりあえずそれでいいや。後で、じいちゃんに何を食べたいか訊いておくよ」

「あれはすごい大物だな」と、店主は言った。「あんな大きい魚、これまで見たこともない。お前が昨日、釣り上げた二匹の魚もなかなか立派だったが」

「僕の魚なんて、どうでもいいよ」と、少年は言い、また泣き出した。

「何か飲むか?」と、店主は訊いた。

「いや、いらないよ」と、少年は言った。「サンチャゴじいちゃんを、そっとしてねって漁師のみんなに言っておいてよ。また来るね」

「じいさんによろしく伝えてくれ。残念だったなって」

「ありがとう」と、少年は言った。

少年は熱いコーヒーの入った缶を持って、老人の小屋に戻り、彼が目覚めるまで傍に座って待った。一度、老人は目を覚ましかけた。だが、また深い眠りに落ちていった。少年はコーヒーを温め直そうと思い、道の向かいで薪《まき》を借りた。

ようやく老人が目を覚ました。

「起き上がらなくていいよ、そのままで」と、少年は言った。「これ飲んでみてよ」

少年は熱いコーヒーをグラスに注いだ。

老人はそれを手にして飲んだ。

「やられちゃったよ、マノーリン」と、老人は口火を切った。「まったくのお手上げさ」

「でも、あのでかい魚にやられたんじゃないよね。違うよね」

「そうだ。その後に襲ってきた奴らにやられたんだ」

「ペドリコがいま、小舟の具合や道具をチェックしている。で、あの頭はどうしたい？」

「ペドリコに任せよう。上手く刻んで、漁の餌にしてくれりゃいい」

「あの嘴は？」

「欲しけりゃ、あげるよ」

「うん、欲しい」。少年は言った。「これからのことについて、いろいろ相談しなきゃ」

「みんな俺のこと探してたか？」

「もちろんだよ。沿岸警備隊だけじゃなく、飛行機にまで出動要請したくらいだよ」

「海は広くて、俺の舟はちっちゃいから、探すのに難儀したろうな」と、老人は言った。自分や海を相手に喋りちらすより、こうして誰かを相手に話せるのがどれほどありがたいか老人は悟った。「海に出ていると、お前さんが傍にいてくれたらよかったのになぁ、とつくづく思ったよ。それで釣果はどうだった？」

「最初の日だけど、たった一匹。二日目も一匹。三日目にようやく二匹だったよ」

「上出来じゃないか」

「ねえ、また一緒に漁に出ようよ」

「いや、やめておこう。もはや俺には運がない。運は使い果たしちまったよ」

「運なんて関係ない。そんなのどうってことないよ」と、少年は言った。「何なら、その運とやらを僕が運んできてあげるよ」

「お前の親は何て言ってるんだ？」

「親が何と言おうと僕は平気だよ。昨日だって、二匹釣り上げたんだから。また一緒に漁に出よう。まだまだ教えてもらいたいことがいっぱいあるんだ」

「だったらまずは一撃で仕留めることができる銛を舟に積んでおかなきゃな。ナイフは古いフォードから拝借した板バネから作りゃいい。グアナバコア（キューバ北西部の町）で研いでこよう。刃はギンギンに鋭く研がなきゃならない。そして折れるような焼きの入れ方じゃダメだ。俺のは折れちまったから」

「じゃ、ナイフも手に入れて、板バネも研いでもらうことにしようか。ところで、この嫌な風、いつまで続くんだろう？」

「たぶん三日くらい。あるいはもっとかな」

「とにかく、僕が全部準備しておくから大丈夫だよ」と、少年が言った。「それまでに、じいちゃんは手を治してよ、いいね」

「心配すんな、傷の治し方くらいわかるさ。それよりも、夜中に口の中に何か変なものがあって、あと胸に何か変な感じがあったんだよ」

「じゃ、それも治さなきゃね」と、少年は言った。「なら、少し寝た方がいいよ。きれいなシャツを持ってきてあげるからさ。何か食べ物も」

「なんでもいいから俺が留守している間の新聞を持ってきてくれないか？」と、老人は言った。

「早くよくなってくれよな。そうでないと困るんだよ。たくさんのことを教えてほしいんだから。で、どれくらい難儀したの？」

「そりゃ、いろいろさ」

「食べ物を持ってくるね。新聞も」と、少年は言った。「とにかく、休んでよ、じいちゃん。僕はドラッグストアに行って、手に塗る薬を買ってくるから」

「ペドリコに忘れずに伝えてくれ、あの大魚の頭はやるからと」

「うん、わかった。伝えておくよ」

小屋の戸口を出て、すり減った珊瑚岩の道を歩きながら、少年はまた泣いた。

午後になると、〈テラス〉は観光客の一団で賑わい、彼らは捨てられたビールの空き缶やカマスの死骸が浮いた海を見おろしていた。うちの一人の女性が、大きな尻尾がついた白い巨大な背骨が浮き沈みするのを見た。東の風が、港口の外の重たい海に吹きつけていた。

「ねえ、あれは何？」。彼女は、あの大魚の白い背骨を指さして、ウェイターに尋ねた。背骨はいまやゴミとなり、潮の流れに乗って外海へと運び出されようとしていた。

「ティブロンですよ」と、ウェイターは言って、「鮫です」と英語で言い直した。いったい何が起きたのかを説明したかったのだ。

「知らなかったわ。鮫の尻尾があんなに素敵で、美しいなんて」

「俺も知らなかった」と、連れの男が言った。

この道を真っすぐ行けば、老人の小屋があり、そこで彼はふたたび寝入っていた。彼はうつ伏せで眠っていて、その傍には少年が付き添って座り、老人はライオンの夢を見ていた。


(*The Old Man and the Sea*)

ニック・アダムス・ストーリー傑作選

インディアン・キャンプの出来事

湖の岸辺には、もう一艘の小舟が引き寄せられていた。そこに二人のインディアンが立って待っていた。

ニックとその父親が小舟の後尾に乗り込むと、二人のインディアンがそれを押し出した。一人は小舟の漕ぎ手として乗り移った。ジョージおじさんは自分たちの小舟の後方に腰を下ろした。若いインディアンが小舟を押し出し、ジョージおじさんの漕ぎ役として舟に乗りこんだ。

二艘の小舟は暗闇の中を進み出した。ニックは霧の遥か前方で、もう一艘の小舟の舷のオール受け《ロック》がガチャと鳴る音を聞いた。インディアンたちは素早く不規則にオールを漕いだ。ニックは自分を抱く父親の片腕にもたれかかっていた。湖面にいると寒かった。漕ぎ手のインディアンは一所懸命に漕ぎ続けていたが、もう一艘の小舟は遥か向こうで、もうもうと立ち込める深い霧の中をずっと先へと進んでいた。

「ねぇ父さん、どこへ行くの？」ニックは訊いた。

「向こうのインディアン・キャンプさ。重症のインディアンの女性がいるんだよ」

「そうなんだ」と、ニックは答えた。

入り江の向こう側の岸辺には、もう一艘の小舟がすでに引き上げてあった。ジョージおじさんは暗闇の中で葉巻を吹かしていた。若い方のインディアンは小舟を岸辺まで引き上げた。ジョージおじさんは二人のインディアンに葉巻をやった。

彼らは岸辺を離れると、ランタンを持った若いインディアンの後を追って歩き、たっぷりと露を含んだ草原を通り抜けた。それから森の中に分け入り、小径をたどって進むと、木材を切り出すための伐採道路に出た。その道はこんもりとした丘へと通じていた。伐採道路は両側の原生林が切り倒されているので、だいぶ明るい。先頭にいた若いインディアンが立ち止まってランタンの灯を吹き消し、またみんなは道に沿って歩き続けた。

曲がり角でふいに一匹の犬が現れて吠え出した。その先に視線を向けると、樹皮を剥ぎ取ることを生業とするインディアンたちが住む小屋の灯がある。さらに犬たちがこちらに駆けて来た。二人のインディアンは、犬たちを小屋へと追い返した。道端に最も近い小屋の窓から明かりが漏れている。一人の老婆がランプを手に戸口に立っていた。

小屋の中の木製の寝台には、一人の若い女性のインディアンが横たわっていた。彼女はこの二日間、陣痛に苦しんでいるのだ。キャンプ中の年配の女性たちが総出で彼女を救《たす》けようとしていた。男連中は道端の外れに退散して、そこに座って葉巻を吹かしている。そこまでは辛い陣痛の呻き声が届かないからだ。ニックと二人のインディアンは、父親とジョージおじさんの後について部屋に入っていった。ちょうどその時、彼女が叫び声をあげた。彼女は二段式寝台の下段に、キルトを大きなお腹にかけて寝ていた。その顔は横を向いている。上段の寝台には夫がいた。彼は三日前に斧で足に大怪我をしたのだった。夫はパイプを吹かしていた。部屋には何とも不快な臭いが立ち込めている。

ニックの父親はストーブで湯を沸かすよう命じつつ、息子に話しかけた。

「いいか、この女性は、いま出産を迎えようとしているところなんだぞ、ニック」と、父親は言った。

「わかってるよ」と、ニックは答えた。

「いや、わかっちゃいない」と、父親は言った。「いいか、よく聞けよ。彼女がいま苦しんでいるのは陣痛というやつだ。赤ちゃんは生まれようと頑張っていて、彼女も赤ちゃんを産もうと頑張ってるんだよ。体じゅうの筋肉を使って赤ちゃんを産もうとしているんだ。そんな時に襲ってくる激痛のせいで、あんな声が出るんだ」

「そうなんだね」と、ニックが言った。

ちょうどその時、女性の叫び声が響きわたった。

「ねえ、父さん、どうにかしてあのひとがあんな風に叫ぶのを止めてあげられないの？」と、ニックは訊いた。

「いや、それはできない。なにせ陣痛の痛みを和らげる麻酔薬の持ち合わせがないんだから」と、父親は答えた。「しかし、陣痛に伴う叫び声なんて、そんなに気にとめることでもないよ。気にしなければ、耳をつくこともない」

上段の寝台に寝ていた夫が、寝返りを打って壁の方を向いた。

キッチンにいた女性は医者に湯が沸いたという合図を送った。すると、ニックの父親はキッチンに入り、大きなバケツから湯を洗面器に半分ほど注ぐと、ハンカチの包みを解いて、そこから何やら取り出し、バケツの残り湯にいくつか入れた。

「じゃ、そのお湯でそれらを煮沸してもらおうか」。彼はそう言うと、キャンプから持ってきた石鹼を使い、洗面器の中に溜めた湯で両手をすり合わせてごしごし洗った。ニックはその様子をじっと見つめていた。父親は石鹼を手にまんべんなく塗って丁寧に洗いながら話し出した。

「なあ、ニックよ。普通、胎児は頭から先に生まれるものだが、そうでない場合もあるんだ。そうなったら、皆を巻き込む一大事だ。この女性も開腹手術をしないといけないかもしれない。まあ、もうじきにわかることだが」

満足ゆくまで手を洗うと、彼は部屋に入って仕事にとりかかった。

「そのキルトを除けてくれないか、ジョージ!」と、彼は言った。「私はそれに触れない方がいいだろう」

その後いよいよ処置が始まると、ジョージおじさんと三人のインディアンは彼女を押さえつけた。女性がジョージおじさんの腕に嚙みつくと、「このバカ女め、なにしやがる！」と、ジョージおじさんは言った。ジョージおじさんを乗せて小舟を漕いできた若い方のインディアンが、それを見て思わず笑った。ニックは父親のために洗面器を持って立っていた。だいぶ時間がかかっていた。

ニックの父親は赤ちゃんを取り上げると、身体をピシャリと叩いて呼吸をさせてから年配の女性に手渡した。

「ほら、見てごらん。男の子だぞ、ニック！」と、父親は言った。「どうだい、インターンになった気分は？」

「どうということはないよ」と、ニックは答えた。彼は父親が何をしているか見ないよう顔をそらしていた。

「よし、出てきた。これで万全だ」と、父親は言って、何かを洗面器の中に入れた。

ニックはそれを見なかった。

「さてと」と、父親は言った。「少しばかり縫わなければならないな。ここからは見ようが見まいが、おまえ次第だぞ、ニック！　好きなようにしなさい。これから父さんは切り口をきちんと縫い合わせる」

ニックは見なかった。すでにずっと前から好奇心は薄れていたのだ。

父親は処置を済ませて立ち上がった。ジョージおじさんと三人のインディアンも腰を上げた。ニックは洗面器を持ってキッチンへと向かった。

ジョージおじさんは、自分の腕をじっと見た。すると、若いインディアンが思い出したかのようにニヤッと笑った。

「そこに消毒液をつけてあげるよ、ジョージ」と、医者が言った。

医者はインディアンの女性の上に身を傾けた。女性は気持ちが落ち着いたのか、いまは目を閉じていた。顔はすっかり青ざめていた。彼女は赤ちゃんのことも、その他のことも一切知らないままだ。

「朝になったら、また来るよ」と、医者はそう言って立ち上がった。「昼までには、セント・イグナス（ミシガン州北部の都市）から看護師をよこすから。必要なものはすべて持たせておくので心配は無用だよ」

彼は、試合を終えてドレッシングルームに戻ったフットボール選手のように、気分が高揚して饒舌だった。

「なあ、ジョージ！　これは医学専門誌に載ってもいいような症例だぜ」と、医者は言った。「ジャックナイフで帝王切開を行い、九フィートの鉤素《はりす》（釣りの先糸）で縫い合わせたんだから」

ジョージおじさんは自分の腕の傷を気にしながら、壁にもたれかかるようにして立っていた。

「ああ、お前さんは大したもんだよ、まったく！」と、彼は言った。

「それじゃ、我らが父親の顔でも拝もうか。このちょっとした騒ぎで、一番とばっちりを受けるのは旦那だと決まってるんだ」と、医者は言った。「ずいぶん静かに辛抱しているものだ」

医者はインディアンの頭から毛布を剝がした。ひっこめたその手は湿っていた。彼は下の寝台の端に上って、片手にランプを持ち、覗き込んだ。インディアンは壁の方に顔を向けて横たわっていた。彼の喉は片方の耳からもう一方の耳元まで切られていた。血が身体の重みでできた窪みに流れこんで溜まっていた。頭は左腕の上に載せられていた。開いたカミソリが、刃を上に向けて毛布の中にあった。

「ジョージ、ニックを小屋の外に連れ出してくれ」と、医者は言った。

その必要はなかった。ニックはキッチンの戸口のところに立っていて、父親がランプを片手に、あのインディアンの頭の向きを変えようとしているところを、すっかり見ていたのだ。

二人が湖へ伐採道路を歩いていた頃には、夜が明けようとしていた。

「ニッキー、悪いことしたな。こんなところまでお前を連れ出してしまって」と、父親は言った。術後の高揚感はもう去っていた。「とんだことに巻き込んでしまった」

「女の人って、赤ちゃんを産む時は、いつもあんなに辛い思いをするの？」とニックは訊ねた。

「いや、ああいうのは稀だよ」

「あの人は、どうして自殺なんてしちゃったの？」

「わからないよ、ニック。いろんなことがしんどくて耐えられなかったんだろうな」

「ねえ父さん、自殺をする男の人ってたくさんいるの？」

「そんなにたくさんはいないだろうよ、ニック」

「じゃ、女の人は？」

「ほとんどいないと言っていいだろうな」

「一人もいないの？」

「いるよ。たまにだがね」

「お父さん？」

「何だい？」

「ジョージおじさんはどこへ行っちゃったの？」

「すぐ、また来るよ」

「死ぬって辛いのかな？」

「いや、思ったほど辛くはないようだよ、ニック。場合にもよるんだろうけどな」

二人は小舟の中で腰を下ろした。ニックは船尾に、父親は漕ぎ手に回った。太陽が丘の上から顔を覗かせた。一匹のバスが飛び上がり、湖面に波紋を作った。ニックは湖水に手を伸ばして水を切った。朝の厳しい寒さの中で、湖水は温かく感じられた。

早朝の湖面を父親の漕ぐ小舟の艫《とも》に座って進みながら、自分は絶対に死ぬものかとニックは思った。


(*Indian Camp*)

医者とその妻

ディック・ボウルトンは、ニックの父親に丸太を挽《ひ》く仕事を頼まれて、インディアンのキャンプからやって来た。彼は息子のエディと、インディアンのビリー・テーブショーを伴って現れた。彼らは森の方から家の裏門をくぐってやって来た。エディは肩に長めの横引きの鋸を担いでいた。それが歩くたびに肩口でぱたぱたと動いて、どこか音楽的な響きを奏でる。ビリー・テーブショーは鉤が付いた大きな木回しを二つ持っている。ディックは斧を三挺小脇に抱えていた。

彼は後ろを振り返って木戸を閉めた。他の二人は、先に湖岸へ下りていった。丸太はそこの砂に埋めてあった。

その丸太は、蒸気船のマジック号が製材工場まで運ぶはずだったのだが、丸太で組んだ筏《いかだ》から外れてしまったのだ。それで岸辺に漂着したのだが、そのまま放置しておけば、いずれマジック号の乗組員が小舟で岸辺伝いにやって来て、丸太を見つけ出し、輪っかのついた鉄の釘を端に打ち込み、湖に引きずり出して新たな筏を組むことになる。けれど、わずかばかりの数の丸太のために人手を使うのは割に合わないと製材業者は思うかもしれない。もし誰も取りにこなければ、丸太は水気でふやけて、しまいには腐ってしまう。

そうなるに決まっていると踏んで、以前からニックの父親は、インディアンたちを臨時に雇うかたちでキャンプから呼び寄せ、鋸で丸太を挽き、楔で割って暖炉用に束ねられた薪と、分厚い木片を作ってもらっていた。ディック・ボウルトンは山荘をぐるりと回り、湖の方へと下りていった。そこには四本の大きなブナの丸太が、ほとんど砂の中に埋もれるような格好で横たわっている。エディは木が枝分かれする部分に鋸の片柄を引っかけて吊るした。ディックは三挺の斧を小さな船着き場の上に置いた。彼は白人との間に生まれたハーフだが、周辺の多くの百姓たちは彼を白人だと思いこんでいた。彼はひどい怠け者だったが、ひとたび仕事となると遮二無二働いた。ディックはポケットから嚙みタバコを取り出すと、それをひとかじりして、エディとビリー・テーブショーにオジブウェイ語で話しかけた。

彼らは丸太の一本に例の鉤が付いている木回しを打ち込み、丸太を埋める砂がゆるむように揺さぶった。木回しの柄に身体の重みを加えて激しく揺さぶりをかけると、丸太は砂の中で動いた。ディック・ボウルトンがニックの父親の方に振り向いた。

「ねえ、先生」と、彼は言った。「結構な数の丸太を掠め取りましたね」

「そんな言い方はよせよ、ディック」と、医者は言った。「これは流木なんだから」

　エディとビリー・テーブショーは、丸太を湿った砂の中から揺すり出して、湖の方へと転がして行った。

「そのまま放り込んでしまえ」と、ディック・ボウルトンが叫んだ。

「いったい何でそんなことをするんだい？」と、医者は訊いた。

「洗うんですよ。砂を洗い落とさないと鋸がうまく立たないんでさ。あと、もともと誰のものか知りてえしね」と、ディックは言った。

　丸太は湖の波に揉まれていた。エディとビリー・テーブショーは陽射しを浴びて、汗をかきながら木回しにもたれていた。ディックは砂浜に膝をついて、丸太の端にハンマーによって刻まれた印を見定めた。

「どうやらホワイト＆マクナリーの丸太のようだ」と、彼は立ち上がって、ズボンの膝から砂を払いのけながら言った。

　医者はとても不愉快になった。

「ならそいつは挽かなくていいぞ、ディック！」と、彼は素っ気なく言った。

「そんなに腹を立てなさんな、先生」と、ディックは言った。「腹を立てるようなことじゃねえでしょうよ。誰から失敬したものだろうと、こっちは構わねえよ。俺のあずかり知るところじゃねえんだから」

「その丸太を盗んだものだと思うんなら、そのままにして、さっさとキャンプに帰ってくれ。くれぐれも道具は忘れんようにな」。医者の顔は真っ赤だった。

「何事も短気は損気だぜ、先生よ！」と、ディックは言った。噛みタバコを噛んだ唾液を丸太の上に吐き出した。それは丸太から垂れ落ちて湖の中で薄くなっていった。「それが盗んだもんだって、先生だって先刻承知のはずでしょうや。だからって俺にとっちゃ大したことじゃねえ」

「よし、わかった。そう思うんなら、道具を担いで早く帰んな」

「なあ、先生！」

「さあ、いますぐ道具と一緒に俺の前から消え失せろ」

「いいですか、ちょっと聞いてくださいよ、先生！」

「いいか、もう二度と私のことを先生なんて呼ぶんじゃないぞ。今度言ったら、首根っこを摑まえて、こっぴどくとっちめてやるからな」

「やめといたほうがいいですぜ、先生」

ディック・ボウルトンは、医者をじっと見つめていた。ディックは大柄な男だった。そのことを本人もよく知っている。ケンカは嫌いな方ではない。やる気じゅうぶんだ。エディとビリー・テーブショーは木回しにもたれて医者に視線を注いでいた。医者は下唇辺りの髭《ひげ》を噛み、ディック・ボウルトンを見つめた。それから視線をそらし、丘の上の山荘の方に歩きはじめた。その後姿を眺めるだけでも、彼がいかに怒り心頭に発しているかよくわかった。三人は医者が丘を上り、山荘の中に入って行くところまで目をそらさなかった。

　ディックがオジブウェイ語で何か言った。エディは笑みを浮かべたが、ビリー・テーブショーは真剣な面持ちだった。彼は英語がわからなかったものの、いまの一部始終を冷や汗をかきながら見守っていたのだ。彼はふくよかな体格で、中国人のような薄《う》っすらとした口髭を生やしていた。ビリー・テーブショーは二つの木回しを取り上げた。ディックは斧を取り、エディは鋸を木から外した。三人はその場を後にすると、山荘を通り過ぎて裏手の門から森へと姿を消した。ディックは裏門を開けたままにしておいた。するとビリー・テーブショーが戻ってきて、門を閉めた。そして、三人は森の中に消えていった。

　山荘に入ると、医者は自室のベッドに腰を下ろし、簞笥の脇の床に山と積まれた医学雑誌に気づいた。それらはまだ帯封が解かれないままだった。彼は苛立った。

「お仕事に戻らないの？」と、医者の妻がブラインドを下ろして横になっていた部屋から声をかけた。

「戻るものか！」

「あら、何かあったの？」

「ディック・ボウルトンと言い争いになってしまった」

「あらあら」と、妻が言った。「短気を出したんでしょう、ヘンリー」

「そうじゃない」と、医者は言った。

「前にも言ったじゃない、『己の心を治める者は城を攻めとる者にまさる』ですよ」と、妻が言った。彼女はクリスチャン・サイエンスの信者だった。聖書の他に『科学と健康』と『季刊誌』が、薄暗い部屋のベッドの脇のテーブルに載せてあった。

夫は応えなかった。ベッドに腰を下ろして猟銃の手入れに余念がなかったからだ。彼は重たげな黄色い弾薬の詰まった弾倉を押しこむと、先台《さきだい》を繰って弾薬をすべて銃からはじき出した。弾薬がベッドの上に散らばった。

「ヘンリー！」と、妻は声をかけた。それから一呼吸置いて、また「ヘンリー！」と。

「何だい」と、医者は答えた。

「あなた、何か余計なことを言ったんじゃないでしょうね？　ボウルトンの機嫌を損ねるようなことを」

「まさか」と、医者は言った。

「じゃあ、そんな揉め事になるなんて、一体何が原因なんですか」

「大したことじゃないよ」

「ねえ、話して頂戴、ヘンリー。私に隠し事をしてはダメよ。いったい何があったの？」

「実はディックの奴、女房の肺炎の治療費として私からだいぶ金を借りているんだ。推測だが、だから人の言う事に難癖をつければ、もう私のために仕事をしなくてよくなると思ったんじゃないかな」

医者の妻は黙ってしまった。医者はぼろ切れで猟銃を丁寧に磨いた。それから弾倉のバネを押さえて弾薬を詰め直した。彼は膝に猟銃を載せて座っていた。この銃がとても気に入っていた。そこで、薄暗い部屋から妻の声が聴こえた。

「ねえ、そんなことをする人がいるなんて私にはとうてい信じられないわ」

「そうか?」と、医者は言った。

「そうよ、そんなことをする人なんて、本当にいるかしら」

医者は立ち上がり、箪笥の裏側の隅に猟銃を置いた。

「出かけるの?」と、彼の妻が訊ねた。

「ちょっと散歩にでも行こうと思う」と、医者は言った。

「ニックを見かけたら、用事があるって伝えて」と、彼の妻は言った。

医者はポーチを出ていった。背後の網戸を音を立てて閉めた。その瞬間、妻がハッと息を吞むのがわかった。

「ごめんな」と、彼はブラインドの下りた妻の部屋の窓の外で言った。

「あら、いいのよ」と、妻が言った。

彼は灼熱の暑さの中に出てゆき、門を抜けてアメリカツガが鬱蒼と茂る森へ通じる小径を歩いていった。こんな暑い日でも森の中に入ると涼しかった。医者はニックを見つけた。彼は木にもたれて座り、何かの本を読んでいた。

「お母さんが呼んでるぞ」と、医者は言った。

「お父さんも一緒に行こうよ」と、ニックが言った。

父親はニックを見下ろした。

「よし、わかった。一緒に行こうか」と、父親は言った。「その本を渡しな。ポケットに入れてあげるよ」

「僕ね、黒いリスがいる場所を知っているんだよ、父さん！」と、ニックは言った。

「よし、じゃそこに行こうか」と、父親は言った。

(*The Doctor and the Doctor's Wife*)

十人のインディアン

　ある年の七月四日（アメリカ合衆国独立記念日のこと）の夜遅く、ニックはジョー・ガーナーとその一家と大型の四輪馬車に乗って町から帰る途中、九人の泥酔状態のインディアンの脇を通り過ぎた。どうして九人だったと覚えているのかといえば、ジョー・ガーナーが闇を走る馬車の手綱を引くなり、さっと道路に飛び降りて、一人のインディアンを車輪の轍から引きずり出したからだ。インディアンはうつ伏せで砂の上に倒れ込んでいて、昏々と眠ったまま目を覚まさない。ジョーはその男を茂みの中に引きずり込んでから、馬車に戻り馭《ぎょ》者《しゃ》の席に座った。

「これで九人目だ」と、ジョーは言った。「町の外れからここまででこの数だ」

「まったくインディアンときたら」と、ガーナー夫人が言った。

　ニックはガーナー家の二人の息子たちと一緒に後部座席に座っていた。彼は身を乗り出して、ジョーが道端へと引きずり込んだインディアンの様子を眺めていた。

「あれ、ビリー・テーブショーじゃない?」と、カールが訊ねた。

「いや、違うよ」

「あのズボン、ビリーのとそっくりだけどなあ」

「インディアンは、だいたい同じようなズボンを穿いてるんだよ」

「ぼくにはぜんぜん見えなかった」と、フランクが言った。「お父さんったら、馬車から道路に下りたと思ったら、すぐに戻ってくるんだから。蛇でも殺したのかと思ったよ」

「それじゃ、今夜はたくさんのインディアンが蛇を殺すことだろうな」と、二人の父親は言った。

「まったくインディアンときたら」と、ガーナー夫人が言った。

　四輪馬車はさらに進んだ。道路はメイン・ストリートからそれて、丘の頂へと上って行った。馬に負担のかかる坂道なので、子供たちは馬車から下りて歩くことになった。道路は砂地だ。ニックはその丘の頂に佇《たたず》む校舎の傍から後方を振り返った。すると、ミシガン州のペトスキーの町に灯る明かりと、リトル・トラバース湾の向こう側に見えるハーバー・スプリングズの灯りが見えた。子供たちは再び馬車に乗りこんだ。

「この辺りの道には砂利を敷いてもらわなくては困るな」と、ジョー・ガーナーが言った。馬車は森を抜けて進んだ。ジョーとその夫人は前席で肩を寄せ合って座った。ニックは二人の子供たちの間に割りこむ。馬車はやがて山林や原野を切り開いた広い耕地に出た。

「お父さんがスカンクを轢《ひ》いちゃったのは、ここら辺だったよね」

「いや、もっと先だよ」

「場所はどこだっていいさ」と、ジョーが振り向きもせずに言った。「こっちでスカンクを轢くよりあっちで轢く方がまし、なんてこともあるまい」

「そう言えば、昨日の夜に二匹のスカンクを見たよ」と、ニックが言った。

「どこで？」

「そこを下った湖でだよ。岸辺に打ち上げられた魚を食べてた」

「それはアライグマじゃないかなあ」と、カールが言った。

「スカンクだったよ。スカンクくらい見ればわかる」

「そうだろうさ」と、カールが答えた。「何せニックはインディアンの女の子とアツアツだし」

「そんなこと言うものじゃないわよ、カール！」と、ガーナー夫人が言った。

「だって、どっちも同じ匂いがするじゃないか」

ジョー・ガーナーが笑った。

「笑うのはやめて、ジョー！」と、夫人が言った。「カールには、あんな風なことを言って欲しくないわ」

「インディアンの女の子と、いい仲なのか、ニッキー？」と、ジョーが尋ねた。

「別にそんなんじゃないよ」

「実はね、ニックにはインディアンの彼女がいるんだよ、お父さん」と、フランクが言った。「プルーデンス・ミッチェルっていうんだ」

「違うってば」

「毎日その子と会ってるんだよ」

「嘘だ」。薄暗い中で二人の子供たちに挟まれて座るニックは、プルーデンス・ミッチエルのことでからかわれていると、どこか嬉しいような不思議な気持ちになった。「あの子は僕の彼女なんかじゃないよ」と、彼は言った。

「そんなこと言っていいの?」と、カールが言った。「二人が一緒にいるところを毎日見てるんだけど」

「カールには彼女なんかつくれそうもないわよね」と、彼の母親が言った。「たとえ、インディアンの女の子だって」

カールは黙り込んだ。

「カールは女の子に縁がないんだよ」と、フランクが言った。

「黙れ」

「なあに、そんなこと気にすんなよ、カール」と、ジョー・ガーナーが言った。「女の子にモテたところで、どうだと言うんだ。お父さんを見ろ」

「そりゃそうね」。馬車がガタガタと揺れる動きに合わせて、ガーナー夫人はジョーの方へすり寄った。「あなたはさぞやおモテになったんでしょうよ」

「でもさ、お父さんだったら、インディアンの女の子なんかには目もくれなかったろうね」

「それはどうかな」と、ジョーが言った。「とにかく、プルーデンスから目を離さない方がいいぜ、ニック」

　彼の妻が夫に何かを囁いた。すると、ジョーが笑い出した。

「ねえ、何が可笑《おか》しいの？」と、フランクが訊いた。

「言っちゃダメよ、ガーナー」と、妻が釘を刺した。ジョーはまた笑った。

「プルーデンスはニッキーのものだってことさ」と、ジョー・ガーナーは言った。「俺には別嬪《べっぴん》な子がいるしな」

「あら、よく仰《おっしゃ》いますこと！」と、ガーナー夫人が言った。

　馬は砂地で重そうに馬車を引いていた。ジョーは暗闇の中で鞭に手を伸ばした。

「さあ、勢いよく引っ張るんだぞ。明日はもっと重いのを引かなきゃならないんだから」

　馬車はガタゴト音を立てながら、長い坂道を下って行った。農場に着くと、みんな馬車から降りた。ガーナー夫人がドアの鍵を開けて家の中に入り、ランプ片手に出て来た。カールとニックは馬車の荷台から荷物を下ろした。フランクは前の馭者台に座っていた。これから納屋まで馬車を走らせ、馬を繋ぐのだ。ニックは階段を上り、キッチンのドアを開ける。ちょうど、ジョーの妻がストーブの火を熾しているところだった。彼女は薪に灯油を注ぐ手を休めて振り向いた。

「それでは、さよなら、ガーナーおばさん」と、ニックが言った。「一緒に連れて行ってくれて、ありがとう」

「あら、そんなこと気にしないでいいのよ、ニッキー」

「とても楽しかった」

「うちの家族もご一緒できてよかったわ。どうかしら、夕食を食べていかない？」

「せっかくですが、お父さんが待ってると思うので」

「そうなのね。ねえ、カールに家に入るように言ってもらえるかしら」

「わかりました」

「おやすみ、ニッキー」

「おやすみなさい、ガーナーおばさん」

ニックは農場のある中庭を出て、納屋の方へ向かった。ジョーとフランクがミルクを搾っていた。

「おやすみなさい」と、ニックは言った。「とても楽しかったです」

「おやすみ、ニック」と、ジョー・ガーナーが声をかけた。「おや、夕食を食べていくんじゃないのかい？」

「いや、今日は帰ります。カールにお母さんが呼んでいると伝えてくれますか？」

「了解。おやすみ、ニッキー」

ニックは納屋の下手にある草地を抜けて、小径を裸足で歩いていった。小径はなだらかで露がひんやりと素足に触れた。彼は草地の端のフェンスを乗り越えると、ぬかるみの泥で両足を汚しながら小ぢんまりした渓谷を下って、乾燥したブナの森を抜けてさらに上手へと進むと、小屋の灯りが見えた。フェンスを乗り越え、正面のポーチへ回った。窓越しに、テーブルの脇に座った父親が大きなランプの灯りで読書をしている姿が見えた。ニックはドアを開けて、家の中に入った。

「やあ、おかえり、ニッキー」と、彼の父親が言った。「どうだった？　一日楽しかったかな？」

「うん、とっても楽しかったよ、お父さん。素晴らしい独立記念日だった」

「お腹、空いてないか？」

「もちろんペコペコさ」

「靴はどうしたんだ？」

「ガーナーさんの馬車の中に置き忘れちゃったんだ」

「そうか。じゃ、キッチンに行こうか」

ニックの父親は、ランプを持って先に入った。そして立ち止まり、アイス・ボックスの蓋を開けた。ニックもそれに続いた。父親は冷めたローストチキンを載せた大皿と、ミルクが入った水差しを持って来て、ニックの前のテーブルに置いた。ランプも傍に置いた。

「パイもあるんだが」と、父親は言った。「足りるかな？」

「上等だよ！」

父親は油布が敷かれたテーブルの傍の椅子に腰を下ろした。キッチンの壁に彼の大きな影が映し出された。

「野球だけど、どっちが勝ったんだい？」

「ペトスキーが勝ったよ。五対三でね」

父親はニックが食事するところを眺め、ニックのグラスに水差しからミルクを注いだ。ニックはそれを飲むと、ナプキンで口元を拭いた。父親は手を伸ばして棚からパイを取った。ニック用に大きめにカットした。ハックルベリーをあしらったパイだ。

「お父さんは、何していたの？」

「午前中は釣りしていたよ」

「何が釣れたの？」

「パーチ（すずきに似た淡水系の魚類）。それだけさ」

父親はニックがパイを食べるのを眺めていた。

「それで午後はどうしていたの？」と、ニックは訊ねた。

「インディアン・キャンプまで足を伸ばして、悠々散歩と洒落込んだよ」

「誰かに会った？」

「そこのインディアンたちは、みんな町に出陣してどんちゃん騒ぎさ」

「じゃ、誰にも会わなかったの？」

「お前の友だちのプルーデンスに会ったぞ」

「彼女はどこにいたの？」

「フランク・ウォッシュバーンと一緒に、森の中にいたよ。たまたま出くわしたんだ。二人とも楽しそうだったよ」

彼の父親は彼の方に視線を向けていなかった。

「二人は何をやってたの？」

「あまり長居しなかったからわからないな」

「ねえ、教えてよ、あの二人が何をしていたか」

「さあね」と、父親は言った。「地面を転げ回っているような音が聞こえたっけ」

「どうして二人だとわかったの？」

「実際にこの目で見たからさ」

「さっきは聞こえたとしか言わなかったじゃないか。そうじゃなかったの？」

「いや、実は見たんだよ」

「じゃ訊くけど、彼女と一緒にいたのは誰だったの？」

「だからフランク・ウォッシュバーンだよ」

「で、その二人は――二人は――」

「二人がどうだって言うんだい」

「二人は楽しそうだったの？」

「そういう感じだった」

父親はテーブルから立ち上がると、キッチンの網戸から外に出た。戻ってくると、ニックは大皿に目を落としていた。さっきまで泣いていたのだ。

「もう少し食べるかい？」。父親はナイフを手にして、パイを切ろうとした。

「もういいよ」と、ニックが言った。

「もう一切れ食べたらいいのに」

「要らない。もう食べたくないんだ」

父親はテーブルの上を片づけた。

「二人は森のどのあたりにいたの？」と、ニックは訊いた。

「そうさなあ、インディアン・キャンプの裏手の辺りかな」。ニックは大皿をじっと見つめた。「もう寝た方がいいぞ、ニック」

「うん、そうするよ」

ニックは自分の部屋に入り、服を脱ぐなりベッドにもぐり込んだ。リビングで父親が動き回っている音がニックの耳に届いた。ニックはベッドに横たわり、枕に顔を埋めた。

「僕の胸は張り裂けた《マイ・ハーツ・ブロークン》」。彼はそう心の中で思った。「こんな風な気分になったってことは、僕は失恋したんだ《マイ・ハート・マスト・ビー・ブロークン》」

しばらく経って、ニックは父親がランプの灯を消して部屋に入るのを感じた。外で風が木々の葉を揺らして吹き抜けてゆくのが聞こえ、網戸越しに入ってきた風は涼しかった。彼は長い間、顔を枕に埋めたまま横になっていた。そのうちにプルーデンスのことを考えるのを忘れてしまい、彼はとうとう眠りに落ちた。夜中に一度目を覚ました時、彼は小屋の裏手のツガの木々に吹きつける風の音を聴き、湖の岸に打ち寄せるさざ波の音を聴いたが、すぐにまた眠りこんだ。朝になると、強い風が吹き寄せており、岸辺に打ち寄せる波も高くなっていた。ニックはずいぶん前に目を覚まし、自分は失恋したのだということを思い起こしていた。

（*Ten Indians*）

この世を照らす光

僕らが入ってくるのに気づくと、バーテンダーは顔を上げ、それから手を伸ばすなりフリーランチ（顧客を引き寄せるために提供される無料の塩辛いハム、チーズ、クラッカーなど）の入った二つのボウルに蓋をかぶせてしまった。

「ビールをもらおうか」と、僕が言った。バーテンダーはビールを注ぎ、グラスの上の泡をヘラで切った。グラスは手に持ったままだった。僕が木製のカウンターの上に五セント硬貨《ニッケル》を置くと、ビールをこちら側に滑らせるようにして差し出した。

「そちらは？」と、彼はトムに訊いた。

「ビール」

バーテンダーはビールを注ぐと、さっきと同じように白く盛り上がった余分な泡を切った。そして、カウンターに置かれたコインを見るなり、トムの方にビールを押しやった。

「何か言いたいのか？」。トムが訊ねた。

バーテンダーは答えなかった。彼は僕たちの頭越しに目を泳がせながら「何にしますか?」と、いま店に入って来たばかりの客に言葉を投げかけた。

「ライ（ライ麦を主原料とするウイスキー）にしてくれ」と、その客は言った。バーテンダーはウイスキーのボトルとグラス、それにチェイサーの入ったグラスを差し出した。

トムが手を伸ばしてフリーランチが入ったボウルの蓋を取り外した。その中には豚足の酢漬けと木製のハサミのようなものが入っていた。端に木製のフォークが二つ付いていて、豚足を摘まめる道具だ。

「よしてくれ」と、バーテンダーは言うなり、ガラスの蓋をボウルの上にかぶせた。トムは例の木製のハサミを手に持ったままだった。「そのハサミも元に戻しな」と、バーテンダーは言った。

「お前が戻せよ」と、トムが言った。

バーテンダーは僕たち二人の顔を睨みながら、片手をカウンターの下に伸ばした。僕が五十セント硬貨をカウンターの上に載せると、彼は上体をまっすぐ起こした。

「何にします?」と、彼は訊いた。

「ビール」と、僕は答えた。彼はビールを注ぐ前に、ボウルの蓋を二つとも開けた。

「この豚足、ひでえ匂いがするぜ」と、トムは難癖をつけるなり、何にせよ口のなかにあったものを床に吐き出した。バーテンダーは口をつぐんだ。ライ・ウイスキーを飲み干した男は、金を支払うと後ろも振り返らずに店を出ていった。

「ひでえ匂いがするのはそっちだろう」と、バーテンダーが言った。「あんたらのようなゴロツキは、みんな臭いけどな」

「おい、ゴロツキ呼ばわりされたぜ」と、トミーが僕に言った。

「まあ、いいから」と、僕は言った。「もう出よう」

「ゴロツキ野郎どもはとっとと出ていきやがれ」と、バーテンダーが言った。

「だから出ていくって」と、僕は言った。「こっちから願い下げだよ」

「また来るぜ」と、トミーは捨て台詞を吐いた。

「二度と来ないでくれ」と、バーテンダーはトミーに言った。

「あの野郎に言ってやれよ。ふざけたことぬかすんじゃねえぞって」と、トミーは僕に言った。

「もう出ようぜ」と、僕は言った。

外は日がすっかり暮れていた。

「この町は一体どうなってんだよ?」と、トミーはぼやいた。

「そんなこと知るものか」と、僕が答えた。「とにかく、駅の方へ行ってみよう」

僕たちはこの町の外れから入って来て、その反対側から出て行こうとしていた。町は獣皮やタン皮、そしておが屑の山から発する不快な臭いが充満していた。この町に辿り着いた時には日が暮れかけていたが、もうすっかり陽は落ち、冷え込んで、道路の水溜りは端の方から凍りはじめていた。

駅には列車の到着を待ちわびている五人の売春婦に加えて、白人が六人、インディアンが四人いた。待合室は混み合っていて、ストーブの熱で暑く、饐《す》えた煙が立ち込めている。僕たちが中に入って行った時には、誰もが黙りこんでいて、出札の窓口も閉まっていた。

「ドアを閉めてくれないか」と、その中の誰かが言った。

僕は誰がそう言ったのか確かめようとした。その声の主は白人の男だった。裾を切り落としたような短めのズボンを穿き、木こり用のゴム靴を履いている。他の連中と同じような重くて厚いマッキノー・ウール生地のシャツを着ていたが、帽子は被っていなかったし、顔も青白く、手も白くほっそりしていた。

「おい、閉めないつもりか？」

「もちろん閉めるさ」と、僕は言ってドアを閉めた。

「ありがとうよ」と、彼は応えた。すると、別の男がクスっと笑いを漏らした。

「料理人と出くわしたことはあるかい？」と、その男は僕に言った。

「いや、ないけど」

「それじゃ、こいつと話してみな。良いダチになると思うぜ」と、彼は「料理人」の方を見た。「奴はそういうのが好きなんだよ」

料理人は唇を引き結んで、その男から顔をそむけた。

「奴はレモン・ジュースを自分の手に塗ってるんだ」と、その男は言った。「しかも、汚れた水なんかにゃ絶対に手で触ろうとはしない。だから、ほら、見てみなよ。奴の手はあんな風に真っ白なんだ」

売春婦の一人が大声で笑った。こんなに体のでかい売春婦なんて見たことがなかった。こんなに体のでかい女を見たのも初めてだ。彼女は光の当たり具合で色が変わる類いのシルクのドレスを着ていた。ほぼ同じくらい大きな体格をした売春婦が他に二人いたが、問題の女の体重は間違いなく三百五十ポンドを下らないだろうと思われた。実際に見ても、こんな人間が存在するのかと疑いたくなる巨体だ。三人とも、例の色が変わるドレスを着ている。彼女たちはベンチに横並びに座っていた。あらためて見ても巨大だった。残る二人はごく普通の売春婦という感じで、髪を金髪に染めていた。

「ほら、こいつの手を見てみろよ」と、例の男が言い、料理人の方へ顎をしゃくってみせた。するとあの売春婦がまた巨体を激しく揺すって笑った。

料理人は売春婦の方を向いて、すかさず早口でまくし立てた。「このヘドの出るような醜い肉の塊め」

女はただ巨体を揺らしながら笑いつづけた。

「ああ、可笑しかった」と、彼女は言った。「ほんとに最高」

他の二人の太った売春婦は、まるですべての感覚を失ってしまっているかのように、まったく口を開こうとせず、静かだった。それにしても、二人とも大きく、最初の女と大して変わらないように見えた。この二人も体重は優に二百五十ポンドは超えているだろう。二人は凜と取り澄ましていた。

男連中について言えば、料理人とお喋り好きの男の他に、木こりが二人いた。一人は興味深そうに耳を傾けていたが、どこか気弱そうで、もう一人は何か言いたそうな雰囲気を出している。さらにスウェーデン人が二人。インディアンが二人、ベンチの端に座っていて、別のインディアンは壁にもたれかかるようにして立っていた。

何かを言いたそうだった男が、低い声で僕に話しかけてきた。「あんなのとやったら、干し草の山にのぼるみたいな気分になるだろうな」

僕は吹き出してしまい、トミーにも話した。

「神に誓って、こんな景色見たことないぜ」と、トミーは言った。「見ろよ、あの三人」。

その時、料理人が口を開いた。

「あんたらはいくつなんだ？」

「俺は九十六歳で、相棒は六十九歳さ」と、トミーは言った。

「ほーっ！　ほーっ！　ほーっ！」と、大柄な売春婦が高笑いで巨体を震わせた。彼女の声はえらく美しかった。他の売春婦は笑わない。

「すこしは品性ってものを出せよ」と、料理人が言った。「下手に出てりゃいい気になりやがって」

「本当は十七歳と十九歳だよ」と、僕は言った。

「ふざけんなよ」と、トミーがこっちを向いた。

めた。

「私はアリスってのよ」。ガタイの大きな売春婦はそう言うと、また巨体を震わせはじ
「それがあんたの名前なんだ?」と、トミーが尋ねた。

「そうよ」と、彼女は答えた。「アリス。そうよね?」。彼女は料理人の隣の男の方を向いた。

「そうだとも、アリスだ。その通り」

「源氏名ってやつだな」と、料理人が言った。

「本名なのよ」と、アリスが言った。

「他の女の子たちは何ていうんだ?」と、トミーが訊いた。

「ヘーゼルとエセルよ」と、アリスが答えた。ヘーゼルとエセルが微笑んだ。あまり頭のいい方ではないらしい。

「君の名前は何というの?」。僕は金髪の一人に向かって訊ねた。

「フランシスよ」

「フランシス何?」

「フランシス・ウィルソン。だから何よ」

「そっちの君は?」と、もう一人の金髪の女の子に訊いた。

「あんた何様よ」と、彼女は言った。

「この男はみんなと仲良くなりたいんだろう」と、饒舌な男が言った。「そういうのは要らないのかい」

「御免だわ」と、金髪の娼婦は言った。「あんたとは真っ平御免」

「あいつはとんでもない尻軽なんだ」と、男は言った。「ありがちな尻軽さ」

金髪女はもう一人の金髪女を見ながら首を振った。

「石頭の田舎者」と、彼女は言った。

アリスがまた巨体を震わせて笑いはじめた。

「おい、何が可笑しいんだよ」と、料理人が言った。「おまえら、そうやって笑ってるけどな、可笑しいことなんて何もないじゃないか。それはそうと、そこの兄ちゃん二人はどこへ行こうってんだ?」

「そっちこそ、どこへ行くんだ」と、トムが言い返した。

「キャデラックまで、ちょっとな」と、料理人が言った。「行ったことあるかい?　そこに妹が住んでるんだよ」

「お前自身が妹みてえなものよ」と、裾を切り落としたズボンの男が言った。

「そういうのやめてくれねえかな」と、料理人は言った。「もうちょっと品よくしゃべれねえのか」

「キャデラックっていうのは、スティーブ・ケッチェルの出身地だろ、確かアド・ウォルガストもそこの出身だったはずだ」と、気弱そうな男が言った。

「スティーブ・ケッチェル！」と、その名前が引き金になったのか、金髪女の一人が甲高い声で言った。「あの男、自分の父親に撃ち殺されたのよ。ほんとなのよ、実の父親に殺されたの。スティーブ・ケッチェルみたいな男前はもう出ないわね」

「それはスタンレー・ケッチェル（有名なボクサー）のことじゃねえかな」と、料理人が言った。

「うるさいなあ」と、金髪女が言った。「あんた、スティーブ・ケッチェルについて何を知ってるのさ？　スタンレー・ケッチェルじゃないわよ。スティーブはね、この世で最高に美形の最高の男。あたしはね、スティーブほど、ぱりっとした色白のいい男を見たことない。あんな男は二度と出てこないわよ。身のこなしは虎のようで、金払いはきれいだった。それは断トツだわね」

「あいつのこと、知ってたのかい」と、一人の男が尋ねた。

「知ってたかって？　え、あたしが知ってたかってこと？　好きだったか？　そう訊いてんの？　そりゃ、誰よりもよく知ってたわよ。実際に好きだったんだ。神様と同じくらいね。あの人はね、古今東西で一番すごくて、一番すてきで、一番色白で、一番美形な男だったのよ、スティーブ・ケッチェルって男はね。それを実の親父が、まるで犬っころみたいに彼を撃ち殺しちゃったんだ」

「じゃ、お前も奴と一緒にコーストにいたというわけか？」

「その前から知り合いだったわよ。あの人はあたしが愛した唯一の男だった」

甲高い芝居がかった調子で話す金髪女に誰もが畏敬を抱いていたが、アリスだけはまたその巨体を震わせて笑った。彼女の隣に座っていた僕は、その振動を感じた。

「なら、結婚すりゃよかったのに」と、料理人は言った。

「あの人のキャリアを傷つけたくなかったのよ」と、金髪女は言った。「あの人の足手まといになりたくなかったの。女房なんか要らなそうだったしね。ああ、本当に、なんて男だったのかしら」

「それならそれで結構なことで」と、料理人は言った。「でも、奴はジャック・ジョンソンにノックアウトを食らったんじゃなかったっけ？」

「あれはだまし討ちよ」と、金髪女は言った。「あのデカい黒人が不意打ちを食らわしたのよ。ジャック・ジョンソンからダウンを奪ったのは事実だし。あの黒人のパンチはまぐれ当たりよ」

　出札の窓口が開き、三人のインディアンたちがそっちに向かった。

「スティーブがあの黒人からダウンを奪った瞬間だったわ」と、金髪女は言った。「あたしの方を向いて、ニコッと笑ったのよ」

「さっき、コーストにはいなかったって言ってなかったっけ？」と、誰かが言った。

「あの試合を観には行ったの。スティーブはあたしの方を向いて笑ったのよ。その時よ、あの忌々しい黒人野郎がマットから起き上がって、彼に不意打ちを食らわせたのは。スティーブなら、あんな黒人、百人かかってきたって、あっという間にぶっ倒せるわよ」

「奴は確かに偉大なボクサーだったよなあ」と、木こりの男が言った。

「そうよ、まったくその通りだわ」と、金髪女は言った。「まあ、あれほど優れたボクサーには、もう二度とお目にかかれないと思うわね。まさにボクシングの神様よ。色白でしゅっとしてて美しくて、優雅で素早くって、まるで虎か稲妻みたいだったのよ」

「俺も彼の試合を見たことがあるよ。ただし映画だったけどね」と、トムが言った。僕らはみな感動していた。アリスは相変わらず巨体を震わせていたが、そちらを見た途端、彼女が泣いているのがわかった。インディアンたちは、みんな外のプラットフォームに出ていた。

「あの人には、世間のどんな素晴らしい亭主もかなわないわ」と、金髪女が言った。「神様の目から見れば、あたしたちは夫婦みたいなものだった。いまだってあたしは彼のものだし、この先もずっとそう。あたしのすべてはあの人のものなの。身体を売ることはなんでもないけど、魂だけはスティーブ・ケッチェル一人のものよ。誓って言うわ、彼は本物の男の中の男だって」

みんな、ひどく感じ入った。それは悲しみであり、恥じ入るような気持ちでもあった。するとアリスが、依然として巨体を震わせながら口を開いた。「あんたはひどい嘘つきだ」と、彼女は低い声で言った。「あんたはスティーブ・ケッチェルと寝たことはない、そうだろう？」

「よくもそんな戯言を言えるわね」と、金髪女は蔑むように言った。

「それが本当だとわかってるからよ」と、アリスが言った。「ここにいる人たちの中で、スティーブ・ケッチェルを知っているのは私だけ。私はマンスローナの出身で、そこで彼を知ったのよ、これは本当のことで、これが本当だってあんたもわかってるし、もしこれが本当じゃなかったら神様のバチが当たって死んだって構わない」

「あたしだって構わないわよ」と、金髪女が言った。

「これが本当で本当で本当だと、あんただって知ってるでしょうに。作り話なんかじゃない。彼が私に言ったことがある、私はよく覚えてる」

「何て言ったのさ？」。金髪女は高慢に言った。

アリスは泣いており、震えもあってうまく話せなかった。

「彼はこう言ったわ。アリス、お前は可愛い女だって。確かにそう言ってくれた」

「嘘だわ」と、金髪女が言った。

「本当よ」と、アリスが言い返した。「彼は間違いなくそう言ったのよ」

「嘘に決まってる」と、金髪女は蔑むように言った。

「いいえ、本当。本当なの。本当に言ったのよ。イエス様とマリア様に誓ってもいいわ」

「だってスティーブがそんなことを言うはずがないもの。そもそも、あの人はそんな言い方しないわ」と、金髪女はどこか嬉しそうに言った。

「いいえ、本当よ」と、アリスはあの魅力的な声で答えた。「ま、あんたが信じようが信じまいが、私の知ったことじゃないけど」。彼女は泣きやみ、落ち着いていた。

「スティーブがそんなことを言うなんて絶対にありえない！」。金髪女が叫んだ。

「そう言ったんだから仕方ないでしょう」と言い、アリスは微笑んだ。「それに、彼がそう言ってくれた時のこともよく覚えてるわよ。その頃の私、可愛かったのよ、彼の言うとおりね。もちろん、いまだって私の方があんたより断然可愛いけど。あんたみたいな使い古しでガッサガサの湯たんぽよりね」

「よくもまああたしを侮辱してくれたわね」と、金髪女は言った。「あんたなんて特大の膿袋《うみ》じゃないの。あたしの胸の中にはね、大事な思い出がちゃんと生きているんだから」

「嘘よ」と、アリスはあの甘く可愛い声で言った。「あんたの本当の思い出なんて、卵管の摘出手術をした時のと、コカインとモルヒネを打ち始めた時のことくらいじゃないの？　それ以外は、全部新聞で読んだ薄っぺらな知識だけ。私は病気持ちでもないし、太っちゃいるけど、私みたいないい女になると男が放っておかないの。それにね、ここが大事なんだけど、私は嘘をつかない。知っての通りよね」

「あたしの思い出に、何でいちいちイチャモンつけるのよ」と、金髪女は言った。「あたしだけの大切な思い出なのに」

アリスは彼女に視線を投げてから、僕たちの方を見た。さっきまでの傷ついた表情は消えており、アリスがにこっと微笑うと、それは僕がいままで見た中で最高に可愛い顔だった。彼女の顔立ちはきれいで、肌は素晴らしくなめらかで、声は可愛らしく、素敵で親しみやすい女性だった。ただし、とんでもなく巨大なのだ。女性三人分の体格である。トムは僕が彼女をじっと見ているのに気づき、言った。「さ、行こうぜ」

「さよなら」と、アリスが言った。彼女の声は、なるほど美しい。
「さよなら」と、僕が言った。
「あんたら、どっちへ行くんだい？」と、料理人が訊いてきた。
「あんたらとは反対へさ」と、トムが言った。

(*The Light of the World*)

あるボクサーの悲哀

ニックは立ち上がった。大丈夫、別に何ともなかった。目を上げて見ると、貨物列車の最後尾の乗務員車の明かりがカーブを曲がって消えていくところだった。路線の両側に広がる水は、カラマツが茂る湿地へ続いていた。

彼は自分の膝に触れてみた。ズボンが破れ、皮膚が擦り剝けていた。両手には擦り傷ができて、爪には砂や石炭の燃えがらが詰まっている。線路の端まで行き、水際までの軽い傾斜路を下ると、両手を洗った。冷たい水で念入りに洗って爪の中の汚れを落とした。それからしゃがんだ姿勢で膝を水に浸した。

あの制動手の野郎め。いつかしっぺ返しを食らわせてやる。あの顔を忘れるものか。まさかあんな奴に一杯食わされるとは。

「おい、坊や」と、彼は言った。「いいものがあるんだ」。この言葉に乗せられてしまった。子ども騙しにひっかかるとは。この手はもう二度と食わないぞ。

「おい、坊や。いいものがあるんだ」か。で、呆気なく一発食らって、線路脇に這いつくばってしまったのだ。

ニックは目の辺りを撫でてみた。大きなコブが出ている。目の周りは黒あざになるだろう。もう痛み出してきた。ちくしょう、あの野郎め。

彼は目の上のコブを指で触ってみた。まあ、仕方ないか。目の周りに黒あざができるくらい。怪我といったって、この程度なのだ。安いもんだ。とにかくも、黒あざがどうなっているか見たい。といって、水面を覗き込んだところで見えるわけでもない。辺りは真っ暗で、人里離れた寂しいところだった。彼は両手でズボンの汚れを払って立ち上がり、それから土手を上がって線路に出た。

ニックは線路に沿って歩き始めた。レールには砂利や砂礫《されき》が十分に敷かれていて歩きやすい。枕木の間にみっしり詰まっているから、足元がしっかりしているのだ。土手道のような平坦な線路道が湿地を縫って前方へ延びていた。ニックはその道に沿って歩みを進めた。いずれどこかに辿り着くはずだ。

ニックはあの貨物列車がウォルトン分岐駅の外れにある操車場付近に差しかかって速度を落とすタイミングを狙い、それに飛び乗ったのだ。ニックを乗せたままの列車がカルカスカを通過する頃には暗闇が訪れようとしていた。いま頃はマンスローナ付近に到達しているはずだ。湿地帯まであと三、四マイルほどだろうか。彼は線路に沿って枕木の間の固いバラストの上を歩き続けた。仄かに立ち込める霧の中、湿地帯は幽霊のようにぼんやりと見えた。目が痛み、腹が減ってきた。ニックは歩き続け、もう何マイルもの線路を通り過ぎてきた。線路の両側の湿地の風景は変わることがない。

行く手に鉄橋があった。そこを渡る時、履いていた編上ブーツが鉄に触れるたび、うつろな音を響かせた。ふと下方を眺めれば、枕木の間から水が黒ずんで見える。ニックが緩んだ犬釘を蹴ると、釘は落ちていって水に沈んだ。鉄橋の向こう側は丘だ。線路の両側に高く暗く聳えている。線路の先にある炎をニックは見た。

ニックは線路伝いに注意深く、その炎の方に向かって進んだ。炎は線路の片側の土手の下手に見えた。見えたのは炎の光だけだった。線路が丘の切り通しを抜けると、炎の燃えている辺りは田園地帯で、その先には森があった。ニックは慎重に土手を下り、森の中にもぐって、木の間から炎に近づこうとした。そこはブナの森で、彼が木の間を歩いていると、何度もブナの実を踏んだ。炎が森の際で輝いているのが見える。その傍に一人の男が座っていた。ニックは木立の後ろに回って、様子を窺った。男はどうやら一人のようだ。両手で頭を抱え込んだ格好で、炎を見ながら座っている。ニックはその炎の中へと歩き出した。

男は、座ったまま炎を眺めていた。ニックがすぐ傍まで近づいても動こうとしない。

「やあ、こんばんは！」と、ニックが声をかけた。

男は顔を上げた。

「その目のあざ、どうした？」と、彼は応えた。

「列車の制動手にやられたんだ」

「貨物列車から放り出されたのか？」

「その通り」

「その野郎ならさっき見たぜ」と、男は言った。「一時間半ほど前にそこを通って行った。両腕を手のひらで叩きながら貨車の上を歩いてた。そういや、歌も口ずさんでいたっけ」

「あの野郎！」

「お前さんに一発食らわせてやったのが、よほど痛快だったんだろうさ」と、男は真面目な顔で言った。

「今度はこっちが一発食らわせてやる」

「いつかどこかで出っくわしたら、石でもぶつけてやれ」と、男は助言した。

「ああ、そうするさ」

「お前さん、なかなか骨がありそうだな」

「いや、そうでもない」と、ニックは答えた。

「お前さんのような若いのは、みんな骨があるよ」

「そうでなきゃやってられないんだ」と、ニックは言った。

「そういうことを言ってるんだよ」

男はニックを見て、笑みを浮かべた。炎の明かりの中でニックは男の顔が崩れているのを見た。鼻はぺちゃんこに潰れ、両目は細い裂け目のようで、唇も妙に変形していた。そういうことのすべてをいちどきに見て取ったわけではない――どうやら男の顔が普通ではなく、めちゃくちゃにされていることに気づいたのである。色のついたパテのようだった。炎に照らされて、死んだように動かぬものに見えた。

「俺の面《つら》が気に食わねえのか？」と、男は訊いた。

ニックは戸惑った。

「いやそんな」と、彼は答えた。

「これを見てみな！」そう言うなり男は帽子《キャップ》を脱いだ。

耳が片方しかない。耳介《じかい》が潰れて厚くなり変形していた。もう片方の耳は付け根が残っているだけだった。

「どうだい、こんなの見たことあるか？」

「いや、初めてだ」と、ニックは答えた。ちょっと気色が悪かった。

「俺にとっちゃ、こんなのどうということはない」と、男は言った。「そうは思わないか？　なあ、兄ちゃん」

「そりゃ、そうなんだろう」

「奴ら、束になって襲いかかってきやがったんだ」と、その小柄な男は言った。「だが俺を大して傷つけもできなかったぜ」

彼はニックを見た。「そこに座んな」と、彼は言った。「何か食べるか？」

「いや、結構」と、ニックは言った。「実は、これから町まで行くんで」

「まあ、聞けって！」と、男は言った。「俺のことはアドと呼びな」

「ああ、わかったって！」

「あのな」と、小柄な男は言った。「俺はまともじゃないんだ」

「どういうことさ？」

「イカレてるってことだよ」

小柄な男は帽子を被った。ニックは思わず笑いそうになった。

「そんなことはない。あんたは正気だよ」と、彼は言った。

「いや、そうじゃない。俺の頭はおかしいんだ。間違いなくイカレてる。お前さん、これまで頭が変になったことがあるか？」

「ないけど」と、ニックは言った。「どんな風になっちゃうんだい？」

「わかるものか」と、アドが答えた。「一旦そうなっちまうと、何が何だかわからなくなっちまうんだ。ところでお前さん、俺が誰だか知ってるだろ？」

「いや」

「俺はアド・フランシスだ」

「本当に？」

「信じてくれねえのか」

「信じるよ」

ニックはこりゃ本物だと思った。

「俺がどんな風に奴らをぶちのめしたか、わかるかい？」

「いや」と、ニックは言った。

「俺の心臓の拍動は遅いんだよ。一分で四十回しか搏《う》たないんだ。試しに触ってみな」

ニックは躊躇した。

「ほら、触ってみろ」と、男はニックの手を摑んだ。「まず俺の手首を摑んで、指をここに当ててみろ」

小柄な男の手首は太く、骨の上で筋肉が盛り上がっていた。ニックは指に触れる脈拍を感じた。

「時計を持ってるか？」

「いや」

「俺も持ってないんだ」と、アドは言った。「時計がなけりゃ、どうしようもない」

ニックはアドの手首から指を離した。

「じゃ、こうしよう」と、アドは言った。「もう一度、お前さんの指を俺の手首の上に置いてくれ。それで、お前さんは俺の脈拍を取り、俺は六十まで数えることにしようじゃないか」

ニックは指の下でゆっくりした確かな拍動を感じながら数えはじめた。小男が一、二、三、四、五とゆっくりと数えている声が聞こえてきた。

「六十！」と、アドは数え終えた。「さあ、一分経った。お前さんの方はどうだ？」

「四十だ」と、ニックは答えた。

「ほらなぁ」と、アドは嬉しそうに言った。「全然脈は速くならないのさ」

一人の男が線路のある土手を横切り、空き地を抜けて炎に近づいて来た。

「よう！」と、バグズじゃないか！」と、アドが声をかけた。

「よう、バグズ」と、バグズは挨拶を返した。それは黒人の声だった。ニックは歩き方ですぐに黒人だとわかった。この黒人は二人に背中を向けて、まるで炎に覆いかぶさるような格好で立っていた。男が身体を起こした。

「こいつは、俺のダチ公のバグズというんだ」と、アドが言った。「こいつも、ちょっと頭がイカレているがな」

「はじめまして、ようこそ」と、バグズは言った。「どこから来たんだね？」

「シカゴだけど」と、ニックは言った。

「ああ、あそこはいい町だ」と、黒人は言った。「で、お名前は？」

「アダムス。ニック・アダムスだ」

「こちらさんは、まだ頭がおかしくなったことがないんだとよ、バグズ」と、アドが言った。

「まあ、生きてりゃ、これからいろんな試練があるさ」と、黒人が言った。彼は炎の側で何かの包みを解こうとしていた。

「どうだ、そろそろ飯にしないか、バグズ？」と、ボクサーが訊いた。

「よしきた、すぐに準備しよう」

「おい、腹減ってるか、ニック？」

「腹が減って死にそうだよ」

「聞いたか、バグズ？」

「だいたい全部耳に入ってるから心配すんなよ」

「そうじゃねえ、俺が訊いてるのは」

「はいはい、この紳士様の言ったこともちゃんと耳に入ってるって」

彼はフライパンの中に幾切れかのハムを並べた。フライパンが温まってハムの脂が溢れると、バグズは黒人特有の長い脚を折ってかがみ込み、フライパンの中のハムをひっくり返すと、卵を割って中に入れ、フライパンを左右に傾けて熱い脂が卵にかかるようにした。

「すまんが、袋からパンを取り出してスライスしてくれないかね、アダムスさん」と、炎から振り向いて言った。

「了解」

ニックは袋の中に手を入れて、一塊のパンを取り出した。彼はそれを六つに切り分けた。アドはその様子を見つめ、身を乗り出した。

「ちょっと、そのナイフを貸してみな、ニック」と、彼が言った。

「ダメだ、ナイフを離すなよ、ニックさん」と、黒人が言った。

ボクサーはもとに戻って座った。

「パンをこっちに持って来てくれませんかね、アダムスさん？」と、バグズが言った。

ニックはそれに従った。

「パンをハムの脂に浸けて食べるってのはどうかね？」と、黒人は訊いた。

「大歓迎さ！」

「だったら、もう少し待った方がいいな。食事の締めにしたほうが断然いいからね。さあ、どうぞ」

黒人はハムを一切れ摘まみ上げると、スライスしたパンの上に載せ、その上に卵を滑らせるようにかぶせた。

「パンをかぶせてサンドウィッチにしてくれないかね。で、それをフランシスさんに渡してもらえるかい」

アドはそのサンドウィッチを手に取り、食べはじめた。

「卵がこぼれんように気をつけて」と、黒人は警告した。「これはあなたの分だ、アダムスさん。残りは私ので」

ニックはサンドウィッチをひとかじりした。黒人はアドの隣、ニックと向かい合わせに腰を下ろした。出来立てのハムエッグは絶品だった。

「アダムスさんは、本当にお腹が減ってたんだな」と、黒人が言った。ニックが名前を聞いた途端にボクシングの元チャンピオンだとわかった小柄な男は沈黙を保っていた。黒人がナイフについて口を挟んだ時から何も言わなくなっていた。

「熱いハムの脂に浸したパンを差し上げましょうかね？」と、バグズは言った。

「待ちかねてたよ」

小柄な白人男がニックを見た。

「あんたもどうかね、フランシスさん」と、バグズはフライパンを手にしたまま訊いた。

アドは答えなかった。彼はニックを睨み続けている。

「フランシスさんや？」と、黒人特有の穏やかな口調で尋ねた。

アドは答えなかった。彼は依然としてニックを睨み続けている。

「あんたに言っているんだけど、なあ、聞こえてるかね？　フランシスさん？」と、黒人は優しく訊いた。

アドはニックを睨みつけたままだ。彼は帽子《キャップ》を目深に被っていた。ニックは心中穏やかでいられなくなった。

「おい、いったいどういうつもりだ？」。彼はキャップの下からニックに鋭い視線を投げながら言った。

「てめえ、何様だと思ってるんだ、この洟垂れ小僧め。頼みもしねえのに割り込んできやがって。おまけに呑気に他人の飯なんか食らいやがって、ろくでもねえゲス野郎だ。ナイフを貸せと言えば、疑うような面しやがって」

彼はニックをぐっと睨みつけた。その顔は血の気を失って真っ青だ。目は帽子の鍔《つば》に隠れてほとんど見えない。

「まったくふざけた野郎だ。一体誰の差し金だ？」

「誰に頼まれたわけでもないよ」

「そうだろうよ、誰に頼まれたわけでもねえだろうさ。誰もここにいてくれなんて頼んじゃいねえしな。なのに、のこのこやって来やがって、俺の顔をウサンくさそうに見たと思ったら俺の葉巻を吹かしやがるわ酒を飲みやがるわ、挙句に小利口な口を利きやがる。この野郎、どう落とし前をつけるつもりだ」

ニックは黙った。アドは立ち上がった。

「いいか、このシカゴの腰抜け野郎。ぶっ飛ばしてやる。覚悟しろ」

ニックは後ずさりした。小柄なボクサーは、すり足でゆっくりニックに近づいた。左足を前に踏み出し、右足を開いて構えている。

「さあ、殴ってみろ」と、彼は頭を動かしてみせた。「どうした、どこからでもかかってこい」

「殴るなんて、そんなことできないよ」

「つべこべ言うんじゃねえ。どっちみち派手に一発食らうことになるんだ、わかってるだろ？　ほら、いいからかかってこい」

「もう勘弁してくれよ」と、ニックは言った。

「じゃあ仕方ねえ、こん畜生め」

　小柄なボクサーは、ニックの足元に目をやった。視線が下を向いた瞬間、炎から離れて背後に回っていた黒人が、さっと構えてアドの頭蓋骨の根元に一発叩き込んだ。彼は前方に倒れ、バグズは布で包んだ短い棍棒を草むらの上に放り出した。小柄なボクサーは顔を草むらの中にめり込ませて横たわったままだ。黒人は彼を抱き起こし、頭をだらりと垂らした体を炎のところまで引きずっていった。顔は歪み、目は開いている。バグズはアドの体をそっと下ろした。

「バケツに水を汲んで、こっちに持って来てもらえんかね、アダムスさん」と、彼は言った。「ちょっとキツくやりすぎちまったかもしれん」

　黒人は片手で小男の顔に水をかけ、両耳を優しく引っぱった。彼の目が閉じた。

　バグズは立ち上がった。

「もう大丈夫だ」と、バグズは言った。「心配は無用だよ。申し訳ないことをしちまったな、アダムスさん」

「気にすることはないよ」。ニックは小男を見下ろしていた。草の上に落ちた棍棒に気づき、それを拾い上げた。柄は柔らかく、どうにでも自在に曲げられる。古びた黒いなめし革製で、重たい端はハンカチで包まれている。

「その柄はね、クジラのヒゲで出来てんだ」と、黒人は微笑った。「今どきは、もうそんなものを作る職人などいないけどね。ま、あんたがどんだけ自分の面倒を見れるかわからなかったし、奴があんたに痛めつけられちまうのも嫌だったんだよ、もうこれ以上はね」

黒人は再び笑みを浮かべた。

「でも、あんたはこんな風に痛めつけたじゃないか」

「俺は手加減というものを心得てるさ。後になっても、奴はこのことを覚えちゃいない。ああなっちまったら、こうするよりほかなかったんだ」

炎の明かりを浴びながら目を閉じて横たわっている小男を、ニックはまだ見下ろしていた。バグズは炎に薪を足した。

「奴のことは何も心配することはないよ、アダムスさん。こんなのはしょっちゅうなんだ」

「どうしておかしくなっちまったんだい？」と、ニックは訊ねた。

「いろいろあったんですわ」と、黒人は炎の側から答えた。「どうかね、コーヒーでも一杯、アダムスさん？」

彼はニックにカップを手渡した。そして、気を失っている男の首の後ろにあてがった外套の皺を伸ばした。

「まずは何度も何度も殴られたせいだろうね」と、黒人はコーヒーをすすった。「でも、それだけだったら、どうということもなかったんだ。あの時分、奴のマネージャーはあいつの妹でね。で、二人の深い兄妹愛が大きな記事として取り上げられて、毎日のように新聞紙上を賑わせたものさ。兄貴は妹を愛しているとか、妹も兄を愛しているとか書き立てられて、とうとう二人はニューヨークに渡ってそこで結婚しちまった。それがそもそもケチのつきはじめってわけだ」

「ああ、そのことは覚えているよ」

「そうでしょう。実は二人は兄妹なんかじゃなかった。けど、二人の関係にいちゃもんをつけてひどい言葉を投げつけたりする輩が多くいたもんだから、二人の間はギクシャクしはじめて、とうとうある日、女の方が出てったまんま、それっきりさ」

彼はコーヒーを口にして、ピンク色の手のひらで唇を拭った。

「それで奴はおかしくなっちまったという訳さ。さあ、どうかね、コーヒーをもう一杯、アダムスさん？」

「ありがとう」

「俺は二度ほど彼女に会ったことがあるがね」と、黒人は続けた。「とんでもない別嬪なんだ。奴とは双子のようによく似てた。奴だって、あんなにボコボコにされてなきゃ、それなりに男前だったんだ」

彼の言葉が絶えた。この話題はこれでおしまいらしい。

「どこでこの男と出会ったんだい？」と、ニックは訊ねた。

「刑務所でね」と、黒人が言った。「惚れた女に逃げられてからというもの、奴は喧嘩三昧の日々だったから。それでムショにぶち込まれた。俺のほうは人を刺しちまったんでムショに入った」

彼は笑みをこぼし、穏やかな声で続けた。「俺はあの男を気に入っちまってね、ムショを出てすぐに奴のいそうなところを必死になって探したんだ。奴は俺のことを頭がイカレてると思いたいらしいが、まあいいさ、俺は気にしない。とにかく奴と一緒にいるのが好きなんだよ。いろんなところに足を伸ばすのも好きで、でも他人様のものを盗むようなことはしない。紳士らしく暮らすのが好きなのさ」

「それで、あんたらはいつも何をやってるんだい？」と、ニックは訊いた。

「これといって何も。あてもなくあちこち歩き回るくらいかな。奴は金をもっているからね」

「随分と稼いだんだろうね」

「そりゃそうさ。でも、その金もあっという間に使い果たしてしまった。というか、体よく巻き上げられちまったと言った方が正しいかもしれない。まあ、あの女が仕送りしてくれてるんだがね」

彼は炎をさらに焚きつけた。

「あの子はとびきりのいい娘《こ》なのさ」と、彼は言った。「まるで双子で。奴と本当にそっくりなんだよ」

黒人は、横たわって荒い呼吸をしている男に視線を投げた。ブロンドの前髪が額にかかっている。その歪んだ顔が、無垢な少年のそれに見えた。

「もうそろそろ起こしてやろうと思うんだがね、アダムスさん。だからお帰りいただけるとありがたいんだが。何のおもてなしもできずに恐縮だけど、目が覚めてあんたがまだそこにいると、奴はまたおかしくなっちまうかもしれない。奴をひっぱたくのは好きじゃないんだ。でも一旦キレちまうと手に負えないから、むごいようだけど、ああするしかない。奴の場合は、他人から距離を置かないとダメなんだろうね。別に構わなくて結構ですから、アダムスさん。いや、礼なんか言われる筋合いはないよ。こうなる前にひとこと言っておきゃよかったんだが、あんたは気に入られてるようだったんで、大丈夫かと思っちまった。まさかあんなことになろうとはね！　さて、この線路に沿って二マイルほど行きゃあいい。マンスローナって名の町がある。それじゃ、これで。一晩くらい泊めてあげたいところだが、そうもいかない。せめてハムとパンをもう少し持っていくかい？　いらない？　サンドウィッチの方がいいかな」。黒人の声は低く、穏やかで、礼儀正しかった。

「結構かな。じゃ、さよならだ、アダムスさん。どうかお元気で！」

ニックは炎から離れ、広々とした空地を横切り、線路に沿って歩いていった。炎の明かりが届かなくなったところで、耳を澄ませてみた。あの黒人が相変わらず低い柔らかい声で話しているのが聞こえた。ニックには何を話しているか聞き取ることができなかった。それから、小柄なボクサーの声が聞こえた。「ああ、頭が割れそうに痛いよ、バグズ！」

「そんなのすぐに良くなるさ、フランシスさんよ」と、黒人は優しい口調で話した。「熱いコーヒーを飲むかね」

ニックは土手を上って、いよいよ線路伝いに歩きはじめた。さっき黒人からもらったハムサンドを握ったままなのに気づいて、ポケットの中に忍び込ませた。線路がカーブして丘の間に差しかかる前に振り返って見おろすと、空地に炎の明かりが見えた。

(*The Battler*)

殺し屋

ヘンリー軽食堂の扉が開いて、二人の男が入ってきた。二人はカウンター席に腰かけた。

「ご注文は何にしますか?」と、ジョージが二人に訊いた。

「そうだな」と、その一人が言った。「アル、お前さんは何にする?」

「うーん」と、アルは言った。「さて何にするか」

外はだんだん暗くなりつつあった。窓の外の街路灯が通りを明るく照らしはじめた。カウンター席の二人の男はメニューに目を注いだ。カウンター席の向こうの端から、ニック・アダムスが二人を見ていた。ニックはついさっきまでジョージと話していて、そこへ二人が入ってきたのだ。

「豚ヒレ肉のローストのアップルソースがけ、マッシュポテト添えってのをくれ」と、最初の男が注文した。

「そのメニューはお出しできません」

「なら何でメニューに書いてあるんだ」

「それはディナー用で」と、ジョージは説明した。「六時になれば注文できます」

ジョージは、カウンターの後ろの壁にかかった時計に目をやった。

「まだ五時なんで」

「時計は五時二十分を指してるぜ」と、二人目の男が言った。

「二十分進んでまして」

「そんな時計、意味ないじゃないか」と、最初の男が言った。「じゃ、一体何が食えるんだ？」

「サンドウィッチなら何でもできます」と、ジョージは言った。「ハムエッグ、ベーコンエッグ、レバー＆ベーコン、それにステーキのサンドウィッチ。全部できます」

「チキンコロッケがいい。グリーンピースとクリームソースとマッシュポテト添えってやつ」

「それもディナーなんです」

「こっちが欲しいものは、どれもディナーなのか、あ？　これがお前らの営業方針ってやつか」

「お出しできるのはハムエッグ、ベーコンエッグ、レバー――」

「じゃ、ハムエッグだ」と、アルと呼ばれた男が言った。彼は山高帽《ダービーハット》を被り、黒いオーバーコートを胸のボタンまでしっかりと留めていた。顔は小さく色白で、口元はしっかりと結ばれていた。シルクのマフラーを巻いて、手袋を着けていた。

「俺はベーコンエッグにしよう」と、連れの男が言った。この男の体格は、だいたいアルと同じくらいだった。顔つきは違うが、身なりはまるで双子同然だ。男たちが羽織っているオーバーコートはいささか窮屈そうだった。二人ともカウンターに両肘をつき、身を乗り出すような格好で腰かけている。

「飲み物は何があるんだ？」と、アルが訊いた。

「シルバービール、ビーヴォ、あとジンジャーエール」と、ジョージが言った。

「そんなんじゃなくて、グイッと一杯やりたいんだよ」

「いま申し上げたものだけですが」

「まったく大した町だぜ」と、もう片割れが言った。「一体、何ていうんだ、ここは？」

「サミットという町です」

「聞いたことあるか？」と、アルは相棒に尋ねた。

「あるわけねえだろ」と、相棒は言った。

「夜になりゃ、何か楽しいことでもあるのか？」と、アルは訊いた。

「そりゃ、決まってる、ディナーの時間を楽しむのさ」と、相棒が言った。「みんな方々からここにやって来て、極上の晩餐てやつを堪能する訳さ」

「そういうことです」と、ジョージは言った。

「本当にそうなのか？」と、アルはジョージに訊いた。

「はい、そうです」

「そうかそうか、お前なかなかお利口なんだな」

「はあ、はい」と、ジョージは言った。

「そんなことねえだろ」と、もう一人の小柄な男が言った。「なあ、アル？」

「こんな奴、どうせマヌケ野郎さ」と、アルは言った。それからニックの方を向いた。

「おい、そこのお前、名前はなんていうんだ？」

「アダムスといいます」

「お前もお利口さんか」と、アルが言った。「あいつもお利口さんだよな、マックス？」

「この町はお利口さんばっかりだ」と、マックスがぽつりと漏らした。

ジョージがカウンターの上にハムエッグサンドの皿とベーコンエッグサンドの皿を置いた。それにフライドポテトを盛った二つの皿を添えた。それから、キッチンとの間の小窓を閉めた。

「あなたのはどっちでしたっけ？」と、彼はアルに訊いた。

「覚えてねえのか？」

「確かハムエッグでしたね」

「ほぉ、なかなかお利口じゃねえか」と、マックスが言った。彼は身を乗り出し、皿に手を伸ばした。二人とも手袋をはめたまま頬張った。ジョージは彼らの食べっぷりを眺めていた。

「おい、何見てるんだ」と、マックスはジョージに目をやった。

「いや、別に」

「ふざけんじゃねえ。俺を見てたろ？」

「ほんの冗談だったのかもしれねえだろう、なぁ、マックス」と、アルが言った。

ジョージが笑った。

「おいおい、おめえが笑うことはねえだろ」と、マックスがジョージに言った。「なあ、こんな時に笑うんじゃねえ！」

「はい、わかりました」と、ジョージが答えた。

「ほら、わかりました、だとさ」と言うなりマックスはアルの方を向いた。「ほう、そうかい。わかったのか。なかなか気の利いた言い回しだな」

「こいつは頭の回転が速いのさ」と、アルが言った。二人は食べ続けた。

「カウンターの端の方にいるあのお利口さん、名前は何て言ったっけ」と、アルがマックスに訊いた。

「おい、そこのお利口さん！」と、マックスがニックに声をかけた。「カウンターの向こう側に回って、あそこにいる相棒と一緒に並べ」

「え？　どうしようっていうんです」と、ニックは不安げな表情を浮かべて訊いた。

「別に何でもねえよ」

「なあ、お利口さん、さっさと向こうに回った方がいいぜ」と、アルが言った。ニックは震えながらカウンターの後ろ側に回った。

「一体どうしようってんです？」と、ジョージが尋ねた。

「お前らの知ったことじゃねえ」と、アルは凄んだ。「キッチンの奥には誰がいる？」

「黒いのがいますが」

「黒いのってなあ、どういうことだ」

「料理のできる黒人です」

「ここに来るように言いな」

「どうしようってんですか？」

「いいから、ここに来いって言うんだよ」

「ここをどこだと思っているんですか？」

「そんなことは百も承知さ」と、マックスと呼ばれる男は言った。「俺たちを間抜けだと思って、おちょくってるのか？」

「くだらん話はよせ」と、アルはその男に向かって言った。「こんな若造相手に御託など並べたところで仕方ない。だろ？」と、彼はジョージに言った。「つべこべ言わずに、その黒いのにここに来いと言えばいいんだよ」

「それで、あいつをどうしようっていうんですか？」

「何も。お前、なかなかお利口なんだろう、だったら頭を使えよ。黒いのをどうこうする訳ねえだろ」

ジョージはキッチンに通じる小窓を開けた。「サム」と、彼は名前を呼んだ。「ちょっとこっちに来てくれないか」

キッチンの扉が開き、黒人が姿を現わした。「何か御用ですか？」と、黒人は訊ねた。カウンターにいた二人の男は、彼の方に視線を一瞬向けた。

「よし、結構だ。おい、黒いの、そこに立ってな」と、アルは言った。

黒人のサムはエプロンを着けたままそこに立ち、カウンター席に座っている二人の男を見つめた。「承知しました《イエス・サー》」と、彼は言った。アルが椅子から下りた。

「俺はその黒いのとお利口な兄ちゃんをキッチンに連れていくぜ」と、彼は言った。

「おい、黒いの、キッチンへ戻れ。お前もだ、そこのお利口さん」。小柄な男は、ニックと黒人の後を追ってキッチンに入った。キッチンの扉が閉まった。マックスと呼ばれた男は、ジョージと向き合う形でカウンターに座っていた。だからといって、ジョージを見ている訳ではなく、カウンターの後ろの壁に嵌《は》め込まれた鏡をじっと見つめているだけだ。ヘンリー軽食堂はもともと酒場で、改装していまの食堂になったのである（バーのカウンターの向かいの壁は鏡になっていることが多い）。

「ところで、お利口な兄ちゃんよ」と、マックスは鏡の中を覗き込みながら言った。

「どうして黙ってるんだ？」

「これは一体、何なんです？」

「おい、アル！」と、マックスが声をかけた。「こっちのお利口さんが、これは一体なんなのか知りたいんだとよ」

「話してやったらどうだ？」。アルの声がキッチンから届いた。

「一体何が起こると思う？」

「さあ、わからないです」

「どう思う？」

マックスは、話している間も鏡をずっと覗き込んでいた。

「私の口からはもう何も言えません」

「おい、マックス！　この利口な兄ちゃんは、自分の口じゃ何も言えねえとよ」

「ちゃんと聞こえてるって」と、キッチンからアルの声がした。彼は皿をキッチンに通すための小窓を開け、そのままトマトケチャップの瓶を使って閉まらないように支えた。

「おい、そこの利口な兄ちゃん！」と、彼はキッチンからジョージに言った。「カウンターのもうちょっと向こうに行って立ってろ。マックス、お前さんはちょっと左側に寄れ」。まるで集合写真でも撮ろうとしている写真屋のようだった。

「おい、お利口さんよ、なんか言いたいことがあるんだろ？　言ってみな」と、マックス。「これから何が起こると思う？」

ジョージは口をつぐんだ。

「教えてやろうか？」と、マックスが言った。「実は俺たちはな、これからスウェーデン人の命《タマ》を取ろうってところなんだ。オレイ・アンダーソンという大男だ。知ってるか?」

「ああ、はい」

「奴は毎晩、ここに来るんだろ?」

「ええ、ときどき来ますが」

「六時になると来るんじゃないのか?」

「来る時は、確かそんな時間ですね」

「俺たちはな、そこら辺はまったく抜かりがないのさ」と、マックスが言った。「話題を変えようか。お前さん、たまには映画を観にいったりするか?」

「そうですね、たまには」

「もっと頻繁に行った方がいいぜ。映画ってのは本当にいいものさ。特にお前さんみたいなお利口さんにはタメになる」

「それはともかく、どうしてオレイ・アンダーソンを殺すんです。何をしでかしたんですか?」

「いや、別に何をしたって訳じゃねえよ。何しろ会ったこともねえんだから」

「会うのはこれが最初で最後だと思うぜ」アルがキッチンから声をかけた。

「だったら、どうして殺すんですか?」と、ジョージが尋ねた。

「そりゃ、ダチ公のためさ。義理ってやつがある、そうだろう、お利口な兄ちゃん?」

「余計な事を言うんじゃねえ、黙ってろ」と、アルがキッチンから言った。「ちょっと口が過ぎるぞ」

「心配すんなって、ちょっと退屈しのぎにからかっただけよ。だよな、お利口さん?」

「お前は黙ってろ。つまらんことを喋りすぎだ」。アルは苛立って言った。「こっちの黒いのと兄ちゃんは、二人で楽しくやってるぜ。修道院の仲のいい二人のお嬢ちゃんみたいにピッタリ縛ってあるんだ」

「お前、修道院にいたことがあるのか?」

「さあどうかな」

「なるほど、修道院にいたってことか。そうにちがいねえ」

ジョージは不意に時計を見上げた。

「もし、客が入ってきたら、いまコックがちょっと外してると言え。それでもまだ細かい事をがたがた言うなら、自分がキッチンの奥で何か料理でも作りましょうか、とでも言うんだ。わかったか、お利口さん?」

「わかりました」と、ジョージが答えた。「で、その後はどうなるんです?」

「状況次第だな」と、マックスは言った。「その時になればわかるさ」

ジョージはまた時計を見上げた。六時十五分過ぎ。表通り側の扉が開いた。路面電車の運転士が店の中に入ってきた。

「よお、ジョージ!」と、彼が言った。「夕食はできるかい?」

「ちょうどコックのサムが出ちまったところで」と、ジョージは言った。「三十分もすれば、戻ってきますよ」

「じゃ、他の店に行くとするか」と、運転士は返した。ジョージは時計を見上げた。六時二十分を過ぎていた。

「いまのはすごくよかったぞ。その調子だ」と、マックスが言った。「やればできるじゃねえか」

「ドジ踏んだら頭ぶち抜かれると思ってたからさ。だよな?」と、アルはキッチンから言った。

「いや、そうじゃねえ」と、マックスが返した。「そりゃ違う。この兄ちゃんはいい奴なんだよ。俺は気に入ったぜ」

六時五十五分になった瞬間、ジョージは言った。「例のスウェーデン人は来ませんね」

この軽食堂には、他に二人の客が来ていた。一人は持ち帰りだったので、ジョージはキッチンへ入ってテイクアウト用のハムエッグサンドウィッチをこしらえた。キッチンにはアルの姿があったが、彼はダービーハットをあみだにかぶり、小窓の脇にある椅子に腰を下ろしていた。銃身の先を切り詰めたショットガンが棚の上に載せてあった。キッチンの隅では、ニックと黒人のコックが一緒に背中合わせで縛られていて、それぞれの口の中にタオルが突っ込まれていた。ジョージはサンドウィッチを仕上げると油紙に包み、袋に入れてキッチンから出た。サンドウィッチを注文した男は、金を支払うと、そそくさと店を出ていった。

「この兄ちゃんは、何でもできるんだな」と、マックスが言った。「ぶったまげたぜ。料理だってできるとはね。こう言っちゃなんだが、お前さんの嫁になる娘さんは果報者だ。なあお利口ちゃん！」

「どうですかね」と、ジョージは言った。「そのオレイ・アンダーソンという男、来なそうですよ」

「あと十分、待とうじゃないか」と、マックスが言った。

マックスの目は鏡と時計にじっと注がれた。時計の針は七時を指し、やがて七時五分を指した。

「おい、アル！」と、マックスが言った。「ここを出た方がよさそうだ。奴は来そうもねえ」

「もう五分待とう」と、アルがキッチンの方から言った。

それから五分も経ったろうか、一人の男が店に入ってきた。ジョージはコックの体調が悪いもので、と説明した。

「どうしてもう一人コックを雇わないんだ？」と、男は訊いた。「食い物屋をやってんだろ？」。そう言って、男は立ち去った。

「行こうぜ、アル」。マックスが言った。

「あの利口なのと黒いのはどうするんだ？」

「放っとけ」

「いいのか?」

「いいさ。今日はもういいだろ」

「どうもキナ臭い」と、アルは言った。「適当すぎないか。お前は喋り過ぎだ」

「だからどうだってんだ」と、マックスがその言葉に抵抗を示した。「ただ気を紛らしただけじゃねえか」

「それにしても、喋りすぎだ」。アルはそう言うと、キッチンから出て来た。銃身を切り詰めたショットガンが、身体にぴったりしたオーバーコートの腰の辺りを少しばかり膨らませていた。彼は手袋を嵌めたままの手でコートの形状を直した。

「それじゃ、あばよ、お利口な兄ちゃん!」と、彼はジョージに言った。「お前さんは強運の持ち主だよ、まったく」

「それは言えてる」と、マックス。「競馬でもやったらいいぜ、兄ちゃん!」

二人は店から出ていった。ジョージは彼らがアーク燈に照らされた通りを足早に横切っていく様子を窓越しに眺めていた。彼らが着ているいかにも窮屈そうなオーバーコートとダービーハット姿を見れば、まるで寄席に出る漫才コンビだ。ジョージはスイングドアからキッチンに入り、ニックと黒人コックを縛っていた紐を解いた。

「もうこんな思いをするのは懲り懲りですよ」と、黒人コックのサムが言った。「もう二度と御免だ」

ニックは立ち上がった。口にタオルを押し込まれるとは。生まれて初めての経験だった。

「くそ、なんてこった」と、ニックは言った。「何なんだ、いまの奴らは?」と、全然大したことじゃなかったという風に言った。

「奴らはオレイ・アンダーソンを殺そうとしてたんだ」と、ジョージが言った。「彼が店に食事をしようと入ってこようものなら、その場で撃ち殺そうとしていたんだ」

「あのオレイ・アンダーソンを?」

「そう」

黒人のコックは、口の両端を親指で撫でた。

「あいつら二人とも行っちまったかい?」と、コックは訊いた。

「ああ、もう行ったよ」と、ジョージは答えた。「二人ともいなくなった」

「ああ、最悪だ」と、コックは嘆いた。「こんなの、もう真っ平だ」

「ところで」と、ジョージはニックに向けて言った。「なあ、オレイ・アンダーソンの様子を見にいった方がいいかもしれんなぁ」

「ああ、そうかも」

「おいおい、こんなことに関わらない方がいいですぜ」と、コックのサムが言った。

「関係ないことにまで余計な口出しをしなさんな」

「気が進まないんだったら別にいいけどさ」と、ジョージが言った。

「こんなことで深みにはまっちまったら、しまいに抜け出せなくなるぜ」と、コックは止めた。「いいから、やめとけ。やめとけって！」

「いや、とりあえず行って見てくるよ」と、ニックはジョージに言った。「それで、一体どこに住んでいるんだい？」

黒人のコックはそっぽを向いた。

「若いお方にはかなわねえな。見境ってやつがない」と、コックは言った。

「この先のハーシュの宿屋に住んでる」。ジョージはニックにその住まいを教えた。

「じゃ、ちょっと行ってくるよ」

外ではすっかり葉を落とした木々の枝をアーク燈が照らしていた。ニックは電車の路線に沿って歩き、次のアーク燈のところで曲がった。通りを上がった三軒目にハーシュの宿屋があった。ニックは階段を二つ上がってベルを鳴らした。一人の女性が姿を現わした。

「オレイ・アンダーソンが住んでいる部屋は、こちらですか？」

「あの人に会いたいの？」

「ええ、まあ。もしいるんなら」

ニックはこの女性の後を追って階段を上がり、廊下の外れまで来た。彼女はドアをノックした。

「誰だい？」

「あなたに会いたいって人が来てるのよ、アンダーソンさん」と、その女性は言った。

「ニック・アダムスといいます」

「入んな」

　ニックはドアを開けて、部屋の中に入った。オレイ・アンダーソンは、しっかり服を着込んだままベッドの上に横になっていた。彼はかつてヘビー級のボクサーとして鳴らしたことがある。いまその身を横たえているベッドはあまりに小さすぎた。枕を二つに重ねて頭を載せていた。彼はニックの方に視線を向けなかった。

「それで、用件は何だい？」と、彼は尋ねた。

「さっきまで、ヘンリー軽食堂にいたんですが」と、ニックは言った。「そうしたら、二人の男が店に入って来て、いきなり僕とコックを縛り上げたんです。で、それから奴らは、あなたを殺す、と言ってたんです」

　こうして口に出して言ってみると、何かひどくバカげた話に思えてくる。オレイ・アンダーソンは何も言わなかった。

「あの二人は、私とコックを無理やりキッチンに押しこんだんです」と、ニックは続けた。「それで、あなたが店に食事をしにきたら、その場で撃ち殺すって」

　オレイ・アンダーソンは壁をじっと見たまま、何も言わなかった。

「店主のジョージが言うには、あなたに知らせた方がいいんじゃないかと」

「もうどうにもならないさ」と、オレイ・アンダーソンが言った。

「とにかく、奴らの人相を教えておきますよ」

「そんなの知りたくもない」と、オレイ・アンダーソンは言った。相変わらず壁を見つめていた。「わざわざ足を運んで知らせに来てくれて感謝するよ」

「どういたしまして」

ニックはベッドに横たわっている大男を見た。

「警察に話してみてはどうです？」

「いや」と、オレイ・アンダーソンは言った。「そんなことしたって結局無意味だ」

「僕で力になれることはありませんか」

「いや。何もできることはないよ」

「連中はハッタリをかましただけかもしれないけど」

「いや、ハッタリじゃないよ」

オレイ・アンダーソンは、寝返りを打って壁のほうを向いた。

「つまるところ」と、彼は壁に向かって言った。「俺には外に出ようという決心がつかなかったんだ。だから一日中ずっとここにこもる羽目になってしまった」

「町から出ようとは思わないんですか？」

「いや、思わない」と、オレイ・アンダーソンは答えた。「もう逃げ回るのにも疲れた」

彼は壁を見つめた。

「いまさら、じたばたしても仕方あるまい」

「何とか丸く収めることはできないものですか?」

「いや、無理だね。俺がヘマをやっちまったから、こんな風にこじれちまったんだ」。彼は抑揚のない単調なトーンで話した。「こればかりはどうにもならない。まあ、しばらくしたら外に出ていくよ。いずれ肚も固まるだろう」

「僕はそろそろジョージのところに戻ります」と、ニックは言った。

「あ、そうか。じゃあな」と、オレイ・アンダーソンは応えたが、ニックの方に顔を向けなかった。「せっかく来てくれたのにな。ありがとよ」

ニックはそこを出た。部屋のドアを閉める時、服を着たまま壁を向いてベッドに横になっているオレイ・アンダーソンの姿が目に映った。

「あのひと、一日中、あんな風に部屋にこもりっきりなんですよ」と、宿屋の女将さんが階下で言った。「気分が悪いのかしらね。でも、私は言ったんですよ。『ねえ、アンダーソンさん！　こんな秋晴れの良い天気の日なんだから、外に出て散歩でもしたらいかが』って。でも、そんな気分になれなかったんですね」

「たぶん外に出たくなかったんですよ」

「調子がよくないなんて、可哀そうにね」と、女将は言った。「あの方は実に感じのいい方でね、何でも昔はボクサーだったとか」

「そのようですね」

「あの顔を見なければ、きっとボクサーだなんて誰も思わないわ」と、女将は言った。

二人は表戸のすぐ内側付近で話し込んでいた。「本当にいい人なんだから」

「それでは、おやすみなさい、ミセス・ハーシュ」と、ニックは言った。

「あら、私はミセス・ハーシュじゃないわよ」と、その女性は言った。「ミセス・ハーシュはここの家主。私はただの管理人で、ベルといいます」

「そうでしたか。おやすみなさい、ミス・ベル！」と、ニックは言った。

「おやすみなさい」と、その女性も言った。

ニックは暗い通りを歩き、アーク燈に照らされた角で曲がって、電車の線路に沿ってヘンリー軽食堂へと向かった。ジョージはカウンターの向こう側にいた。

「オレイに会えたかい？」

「うん、会えた」と、ニックは言った。「部屋にいたよ。そこから出ようともしなかったけど」

その時、ニックの声を耳にした黒人のコックが、キッチンの扉を開けた。

「そんな話聞きたくもないね」。彼はそう言ってキッチンの扉をパタンと閉めた。

「それで、一部始終を話してやったのかい？」と、ジョージが訊ねた。

「もちろん話した。彼は事の次第をすっかり承知していたけどね」

「奴はこれからどうするつもりだろう？」

「とくに何も」

「奴らに殺られちまうぞ」

「そうなるんだろうな」

「きっとシカゴで何か面倒なことをしでかしたんだ」

「僕もそう思う」と、ニックは言った。

「こりゃ、とんでもないことだぜ」

「恐ろしいことだよ」と、ニックは言った。

それから、二人とも黙り込んでしまった。ジョージはさっと台拭きに手を伸ばし、カウンターを拭いた。

「一体、何をしでかしたんだろう？」と、ニックは言った。

「誰かを裏切ったのに違いないよ。まぁ、お決まりのやつさ」

「もうこんな町にはいられないな。出ていくよ」と、ニックは言った。

「そうか」と、ジョージが言った。「それがいいかもしれないな」

「あの男のことを考えると、頭がおかしくなりそうだ。自分が殺されるのを承知で部屋にじっとしているだなんて。おそろしすぎる」

「そうだな」と、ジョージは言った。「そんなことはあまり考えない方がいいぞ」


（*The Killers*）

遠い異国にて

秋を迎えても、戦闘は続いていた。しかし、僕たちはもう戦いの場へと歩武《ほぶ》を進めることはなかった。ミラノの秋は寒く感じられ、日暮れの時刻も一段と早くなっていた。やがて街路灯が点灯し、ショーウインドーを覗きこみながら通りを闊歩《かっぽ》するのは楽しいものだった。店の外には猟で仕留めた獲物がたくさんぶら下がっていて、粉のように細かな雪が狐の毛皮に降りかかり、吹きつける風がその尻尾を揺らしていた。鹿はこわばって重たく虚しそうにぶら下がっている。小鳥は風に吹かれ、羽毛を逆立てていた。寒い秋の日で、風が山から吹き下ろしていた。

僕たちは毎日午後になると、病院へ足を運んだ。夕暮れ時の街を横切って病院に通じる道は幾とおりもあった。うちの二つの通りは運河に沿って走っていて、そちらは遠回りだった。いずれにせよ、運河の橋を渡って病院に行くことになるのだが。橋は三つから選べる。その一つの橋の上で、一人の女性が焼き栗を売っていた。栗の実を焼いている炭火の前に立つと暖かさを感じたものだし、焼き栗をポケットに入れても暖かさを感じた。その病院はとても古く、またとても美しく、門をくぐって中庭を通り抜ければ、裏門から出ることができた。葬列はだいたいきまってこの中庭から出発した。古びた病院の向こうには、レンガ造りの新しい病棟が見えた。僕たちは毎日、午後になるとそこで落ち合う。それから、みんなとても行儀よく、お互いがお互いのことを慮《おもんぱか》って、よい効果を与えるという機械の中に座った。

医者は僕が座っている機械のところにやって来て、訊いた。「戦争に従軍する前には、何か趣味や特技など特に好きなものがあったかね？　たとえばスポーツはどうだった？」

「はい、フットボールをやっていました」と、僕は答えた。

「それは結構なことだ」と、彼は言った。「前よりうまくプレイできるようになるよ」

僕の片膝はどうにも曲がらず、膝から踝《くるぶし》まですっと真っすぐ、ふくらはぎの張りもなく垂れ下がっている。その機械は、膝を曲げ、三輪車を漕ぐ時のように動かすはずのものだった。だがまだ膝を曲げるまでには至っておらず、膝が曲がる寸前に機械の方がガタンと揺れた。医者が言った。「すぐに良くなるよ。君は実に運のいい若者だ。またチャンピオンみたいにフットボールで活躍できるようになるさ」

隣の機械の世話になっていたのは、片手が赤ちゃんのように小さくなってしまった少佐だった。小さな手は二枚の革帯に挟まれて上下に弾まされ、麻痺した指がひらひら舞って、それを医者が診ていると、少佐は僕にウィンクしてみせ、言った。「じゃ、おれもフットボールができるようになるかね、軍医の先生?」。彼はフェンシングの名手で、戦前のイタリアでは誰もが知る名選手だったという。

医者は奥にある医務室に入ってゆき、一枚の写真を持って来た。それは少佐の手とそっくりの小さな手の写真で、医療機器による治療を施す前と、その後に少しばかり大きくなった様子が写っていた。少佐は写真を健全な方の手で摑んで、しげしげと眺めた。

「何かの怪我かい?」と、彼は尋ねた。

「工場で不慮の事故に巻き込まれたんだ」と、医者は言った。

「へえ、そうなのか。面白い」と、少佐は言って、その写真を医者の手に戻した。

「これで自信が出たでしょう?」

「いいや」と、少佐は言った。

毎日ここで顔を合わせる仲間に、僕と同じくらいの歳の三人の男がいた。三人ともミラノ出身で、一人は弁護士志望、一人は画家を目指していて、最後の一人は軍人になることが夢だった。この機械での治療を済ませた後は、たまにその三人と一緒にスカラ座の隣にあるカフェ・コヴァで落ち合うことがあった。そんな時は、こっちは四人だったので、近道をして共産区域を抜ける道を選んだ。僕たちは将校だということで憎まれており、通りの酒場からは「将校なんかクソくらえ《ア・バッソ・リ・ウッフィチャーリ》」という激しい罵声が飛んできた。もう一人、青年が加わって五人になることもあった。その青年は顔に黒いシルクのハンカチをかぶせていて、それは彼には鼻がなかったからで、近いうちに再建手術をする予定だった。青年は士官学校を出て、すぐ最前線へと赴き、一時間も経たないうちに負傷してしまったそうだ。その後、顔の形成手術を受けたのだが、由緒ある古い家系の出ということもあり、どうしても鼻をそれにふさわしいものにはできなかったのである。青年は後に南アメリカに渡って、そこで銀行員になった。しかし、これはずっと以前の話で、その頃は、誰も将来の自分の姿を思い描くことなどできなかった。唯一わかっていたことと言えば、これが終わりの見えない戦争であること、そして僕たちはもう戦争に行かなくてもいいということくらいだった。

僕たちは同じ勲章を授かっていたが、顔に黒いシルクの包帯を巻いていた青年は前線での活躍が短かったこともあり、ひとつも勲章を持っていなかった。弁護士志願の背の高い青白い顔の男は突撃歩兵隊の中尉で、僕たちが一つずつ持っていた勲章を三つももらっていた。長く死と隣り合わせの日々を送っていたせいか、どこか超然とした男だった。僕たちみんながいくらかはそんな気味があったのだと思う。毎日午後に病院で会う以外、僕たちを繋ぎ止めるものはなかった。けれども、連れだって物騒な区域を通り抜けてカフェ・コヴァへと薄暗い道を歩き、酒場から明りと賑やかな歌声が漏れる中、時には舗道に群れる男女を押しのけて進む訳にもいかずに車道を横切ったりしている時など、僕たちのことを嫌う連中には理解できないだろう連帯感を感じたものだった。

僕たちはコヴァのことなら何でもよく知っていた。そこはゆったりとして温かく、灯りは明るすぎず、ある時間帯になるとざわめきと煙に満たされる。テーブルのそばにはいつも女の子たちがいて、壁の新聞掛けにはイラスト入りの新聞があった。コヴァの女の子たちはとにかく愛国心が強かった。イタリアで最も愛国心に燃えているのはコヴァにいる彼女たちだろうと思ったほどだ。その気持ちはいまでも変わっていない。

当初、青年たちは僕がつけている勲章にひどく敬意を払って、何をやってその勲章をもらえたのか、しきりに尋ねてきた。僕は彼らに戦功を記した書状を見せた。「深く誠《フラテ》実な友情《ランツァ》」とか「崇高な自己犠牲の精神《アブネガツィオーネ》」とか、とびきりの美文がびっしり並んでいたが、そうした形容詞を取り除けば、つまるところ僕がアメリカ人だから勲章がもらえたと書いてあるのだった。それからというもの、よその人間に比べれば僕は彼らの仲間であったとしても、彼らが僕を見る目は変わった。彼らの仲間ではあったけれど、彼らが書状を読んで理由を知って以後、僕は本当の意味では彼らの仲間の一員ではなくなったと思う。というのは、僕と彼らでは受章の事由が異なっていたからだ。確かに僕は負傷した。だが、それはたまたま負傷したにすぎないのだと誰もが承知していた。僕は恥じているわけではない、でもカクテルアワーを満喫した後など、彼らに勲章をもたらしたようなことを自分もやったならと想像することもあった。けれど夜中に家に歩いて帰っている時、冷たい風に吹かれて通りの店という店が閉まっている中、街灯の明かりの近くを選んで歩いている時、自分にはあんなことは決してできなかったと思ったし、僕は死ぬのがとても怖かった。夜に一人でベッドに横たわり、死への恐怖のあまり、また前線に戻るようなことになったらどうなるだろうと思い悩んだことも少なくなかった。

勲章を授与された三人は、まるで狩りに出る鷹だった。僕は鷹ではない――鷹狩りを知らない人から見れば、同じく鷹に見えたかも知れないが。彼ら三人にはよくわかっていた。だから僕たちは疎遠になってしまったのだろう。だが、戦争の初日にすぐ負傷してしまった青年とは友好関係が続いた。傷を負わずに前線に留まっていたら自分はいま頃どうだったかなど彼にはわからなかったからである。そんな訳で彼も僕と同様に仲間には入れてもらえなかったし、彼がいずれ鷹になることもなさそうだと僕は思っていて、だから僕は彼が好きだった。

フェンシングの名手である少佐は、武勇伝なるものを信じなかった。僕たち二人が例の機械の中に座っている間、彼は僕のイタリア語の誤りを辛抱強く直してくれた。少佐が僕のイタリア語を褒めてくれたこともあり、僕らは気軽な雰囲気で言葉を交わすことができた。ある日、僕は、イタリア語はあまり難しいと思えないので、さして興味もわかないし、容易《たやす》く話せる、と彼に言ったことがある。すると「ああ、そうなのか」と少佐は言って、「だったら、文法を勉強してみてはどうだろうか？」と続けた。そこで僕は文法を勉強してみて、イタリア語の難しさを痛感し、文法を頭に叩き込むまで彼に話しかけるのも躊躇するようになった。

少佐は規則正しく病院にやって来た。僕の見たところ一日たりとも治療を欠かしたことがなかったが、この機械の効能を信じていないのも確かだった。僕らの誰も、この機械の効能など信じていなかったはずだ。ある時、こんなものはまったくのナンセンスだと少佐が言い放ったことがある。それはいろいろな機器を新規に取り入れた頃のことで、その効能を試す被験者となったのが僕らだった。まさに愚の骨頂だと、少佐は言い放った。「机上の理屈にすぎんよ」と。僕がイタリア語の文法を勉強していかないと、少佐からお前はまったく役立たずの愚かな恥さらしだと罵られた。お前を信じた私がバカだったと、さらに不快な嫌味を言われた。少佐は小柄な男で、背筋をまっすぐ伸ばして椅子に座り、右手を例の機械に突っこんで、革帯が指を挟んで上下に小気味よく動いている間、前方の壁をじっと見つめていた。

「ところで、この戦争が終わったら、いや、終わるとしたらだが、君は何をするつもりだね？」と、彼は僕に尋ねた。「文法的に正しく答えたまえ！」

「アメリカに戻ります」

「妻がいるのか？」

「いいえ、いません。いつか結婚したいと思ってはいますが」

「君は思っていた以上のバカなのだな」と、彼は言った。非常に怒っているように見えた。「男というのは断じて結婚してはならぬのだ」

「どうしてですか、少佐殿？」

「少佐殿と言うのはやめたまえ！」

「どうして男は結婚してはいけないのですか？」

「結婚してはならぬのだ、とにかく結婚はいかん」と、彼は怒りを露わに言った。「男たるもの、すべてを失う羽目になることを承知で、かかる立場に我が身を置いてはならんと言ってるんだ。何かを失うような場に身を置くべきではないのだ。決して失うことのないものを、まず探したまえ」

　少佐は怒りと苦渋を込めて言い、話している最中も真っすぐ前方を見ていた。

「でも、どうしてすべてを失うことになるんですか？」

「きっと失うのだよ」と、少佐は言った。彼は壁を見つめていた。それから、機械に目を落とし、革帯の間から小さな手を引き抜くと、それを腿に打ちつけた。「いずれすべてを失うのだ」。それはほとんど叫び声に近かった。「口答えするんじゃない！」。それから、彼は機械を操作する係に声をかけて「ここへ来て、このくだらないものを止めてくれ」と言った。

　彼は光線療法とマッサージを受けるために別の部屋へと戻っていった。僕の耳に、電話をしてもよいかと医者に訊く少佐の声が届いたあと、ドアが閉じた。少佐が部屋に戻ってきた時、僕は別の機械にかかっていた。彼はマントを羽織り、帽子を被っていた。まっすぐ僕の座っている機械のところまでやって来て、僕の肩に片腕をかけた。

「さっきは申し訳なかった」。少佐はそう言うと、いい方の手を僕の肩に優しく載せた。

「乱暴な口を利いて申し訳なかった。実は妻が死んだのだ。どうかさきほどの非礼を許してくれ」

「えっ――」と、僕は言った。彼のことがひどく気の毒になった。「誠にご愁傷様です」

彼はそこに立ち尽くしたまま唇を噛んでいた。「なんとも辛く悲しいものだよ」と、彼は言った。「あきらめがつかぬのだ」

少佐は僕の背後に目を向け、窓の外を見た。それから号泣しはじめた。「どうしてもあきらめきれないのだよ」。彼はそう言い、嗚咽した。なおも泣きながら、頭を上げ、虚ろな眼で、軍人らしく凜とした姿勢を崩さず、両頰に涙を流し、唇を噛んだまま、機械の横を通り過ぎて戸口から出ていった。

医者の話によると、少佐の奥方はまだとても若かったらしい。彼は傷病兵として完全に兵役免除されるまで結婚の宴を先延ばししていたのだが、そんな折に、奥方は肺炎で亡くなってしまった。発病してから亡くなるまではわずか数日だった。誰も彼女が死ぬなどと予想していなかった。それから三日間、少佐は病院に顔を出さなかった。それから彼はいつもの時間に、軍服の袖に黒の帯を巻いてやって来た。彼が戻って来た時、壁には大きな額に入った写真が幾枚か掛かっていた。あの機械の治療前と治療後のあらゆる外傷を写したものだった。少佐が使用する機械の前には、彼と同じような手の完治した写真が三枚掲げてあった。医者がどうやってその写真を手に入れたのかはわからない。この機械の世話になるのは僕たちが最初なのだと僕はずっと思っていた。そんな写真があっても彼には大した効果はなく、少佐はただ窓の外を見ているだけだった。

(*In Another Country*)

湖畔の別れ

遥か昔のこと、ホートンズ・ベイは製材業が盛んな町だった。ここに住む者で、湖畔の工場から響く大鋸の音を聞かない者はいなかった。ところがある年、製材する丸太がなくなってしまった。幾艘《いくそう》もの木材運搬船が湾にやって来て、資材置き場に積み上がった材木を淡々と積み込んでいった。切り出された材木はすべて運び出されてしまったのだ。巨大な工場からは持ち出せる機械のすべてが取り外され、工場で働いていた者たちの手で運搬船のうちの一艘に運びこまれた。それから船は湾を出て、広々とした湖に向かって航行していった。船上には二つの巨大な鋸が積まれ、回転式の円鋸に丸太をかける装置があったり、あらゆる種類のローラー、車輪、ベルト、鉄製の器具があり、船体いっぱいの材木の上に積まれていた。船倉の上の空いたところはきつく綱を結んだ帆布で覆われていた。運搬船は帆にいっぱい風を孕み、工場を工場たらしめていたものと、ホートンズ・ベイを町たらしめていたものをすべて積んで、広大な湖へ行ってしまった。

平屋の飯場も、大衆食堂も、会社の購買部も、工場の事務室も、そして大工場そのものも、湾のそばの泥沼めいた草原を覆う何エーカーもの大鋸屑《おがくず》の上に、荒れ果てた様子で立ち並んだ。

それから十年ののち、製材工場を偲《しの》ばせるものは、湿地を覆う二番生えの間から覗く崩れた白い石灰石の土台くらいとなっていて、そこへニックとマージョリーが岸辺に沿って小舟を漕ぎ進めて来た。二人は水路の淵を狙って流し釣りをしていた。そこは砂の浅瀬ががくんと十二フィートの深さまで落ちこんでいて、水が真っ暗に見える。二人はニジマスの夜釣りを楽しむつもりで、その岬に着くまでの間、流し釣りを楽しんでいたのだ。

「あそこも廃墟になっちゃったのね、ニック」と、マージョリーが言った。

ニックは小舟を漕ぎながら、緑の木立の中の白い石の土台を眺めていた。

「そうだね」と、ニックは応えた。

「あそこが製材工場だったのを覚えてる？」と、マージョリーは訊ねた。

「何となく記憶に残ってるかな」と、ニックが言った。

「ちょっとお城の跡みたいね」と、マージョリーが言った。

ニックは答えなかった。岸辺に沿ってさらに小舟を進めると、製材工場の跡地は見えなくなってしまった。それからニックは湾を横切りはじめた。

「ちっとも食いつく様子がないな」と、ニックが言った。

「そうね」と、マージョリーが言った。流し釣りをする時はいつも、彼女は竿先に細心の注意を払っていて、それはしゃべっている時でも変わらない。彼女は釣りが好きだった。ニックと一緒に釣りをするのが大好きだったのだ。

小舟のすぐ近くで、大きな鱒《ます》が水面を乱した。ニックは片方のオールをぐいと動かして、小舟の後ろに回った餌を鱒が食べやすいスポットに持っていこうと、小舟の向きを変えた。鱒の背中が水面にうっすら浮かび、姫鮠《ひめはや》の群れが勢いよく跳ねた。一握りの散弾を投げ込んだように、幾重もの波紋が広がった。もう一匹の鱒が小舟の反対側で餌を食べ、水面を揺らしていた。

「餌を食べてるわね」と、マージョリーが言った。

「でも、ちっとも食いついてくれないな」と、ニックは言った。

彼は餌を漁る二匹の魚を梳《す》くように小舟を回し、それから岬へと進めた。マージョリーは小舟が岸辺に着くまで、釣り糸を揚げなかった。

二人は小舟を岸に引き上げ、ニックは活きのいいパーチが入っているバケツを取り出した。パーチはバケツの水の中で泳いでいる。ニックがその中の三匹をつかまえ、頭を落とし、皮を剝く間に、マージョリーはバケツの中のパーチを手で追い回し、やっとのことで一匹捕まえて頭を落とし、皮を剝いだ。ニックは彼女の魚を見た。

「腹ビレは取っちゃいけないよ」と、彼は言った。「それでも餌には使えるけど、ヒレはあった方がいいんだ」

彼は皮を剝いたパーチの尻尾に釣り針をかけた。どちらの釣り竿の鉤素にも釣り針が二つ付いている。マージョリーは糸を口にくわえ、ニックの方を見ながら、小舟を浅い湖の底にある溝に向けて漕ぎ出した。ニックは岸辺で釣り竿を握り、リールから釣り糸を繰り出していた。

「その辺りがいいんじゃないかな」と、彼が大きな声で言った。

「じゃ、釣り糸をここで下ろしていい?」と、マージョリーは手に釣り糸を摑んだまま言い返した。

「ああ、いいとも」。マージョリーは釣り糸を垂らして、エサが水深く沈んでいくのを見守った。

彼女は小舟を戻して、同じように二つ目の釣り糸を繰り出した。そのたびごとに、ニックは釣り竿の端に重たい流木を載せ、竿が一定の角度になるようしっかりと固定した。彼は緩んでいる釣り糸を巻きあげて、湖底の溝に沈んでいる餌につながる糸をぴんと張ると、リールに歯止めのツメを取りつけた。鱒が食いついて、餌をくわえこんだまま逃げようとすると、ツメの付いたリールから釣り糸が伸びる音がして、釣り手に知らせるという仕組みだ。

マージョリーは釣り糸が絡まったりしないようにしながら、岬に沿って小舟を少し進めた。オールをひときわ強く漕ぐと、小舟が岸に乗り上げた。それとともに穏やかな波が打ち寄せる。マージョリーが小舟から下りると、ニックはそれを岸の奥まで引き上げた。

「ねえ、どうしたの、ニック？」と、マージョリーが訊ねた。

「いや、何でもないよ」。ニックは焚き火に使う薪を拾い集めながら言った。

二人は拾った流木を薪がわりにして火を熾した。マージョリーは小舟まで行って、毛布を持って来た。夕暮れの微風が焚き火の煙を岬の方に吹き流していたから、マージョリーは焚き火と湖の間に毛布を広げた。

マージョリーは焚き火の熱風を背に浴びながら、毛布の上に腰を下ろしてニックが来るのを待った。しばらくして、彼がやって来て隣に座った。二人の後ろでは岬の二番生えの木々が青々と繁っており、二人の前にはホートンズ・クリークの河口と湾が広がっている。まだ夜の帳は降りていない。焚き火の光は水際まで届いていた。暗い湖面に角度をつけて突き出ているスティール製の竿は二人のどちらにも見えた。炎がリールの上で輝いていた。

マージョリーが夕食の入ったバスケットの蓋を開けた。

「いまは食べたくないなぁ」と、ニックが言った。

「そう言わずに食べましょうよ、ニック」

「わかったよ」

二人は話すことも忘れて黙々と食べながら、二本の竿と水面に映る炎を眺めていた。

「今夜は月が拝めそうだ」と、ニックが言った。彼は湾の向こう側を見やった。空を背にくっきりと丘の姿が浮かび上がりはじめていた。その丘の向こうから月が上がってくる。

「私もそう思うわ」と、マージョリーが嬉しそうに言った。

「君は何でも知ってるんだな」と、ニックが言った。

「どうしてそんな言い方するの！　ねえ、お願いだから、そんな風に言わないで！」

「仕方ないだろ」と、ニックは言葉を返した。「実際そうなんだから。君は何でも知ってる。それが問題なんだよ。君だってわかってるはずさ」

マージョリーは黙った。

「僕は君に何でも教えたよね。君もわかってるはずさ。君の知らないことなんて一体あるんだろうか」

「もう、そんな話やめて」と、マージョリーは言った。「ほら、月が出て来たわよ」

二人は触れ合うこともしないで、毛布に座って月が昇ってくるのを眺めていた。

「もう、あんなつまらない事、言わないでね」と、マージョリーが言った。「本当にどうしたの？」

「僕にもわからない」

「わかってるくせに」

「いや、よくわからないんだ」

「言ってご覧なさいよ」

ニックは丘の上に昇る月を眺めていた。

「もう楽しくなくなっちゃったんだ」

彼はマージョリーの顔を見るのが怖かった。それでもマージョリーの方に顔を向けた。彼女はニックに背を向けて座っていた。ニックは彼女の背中を見た。「もう、ちっとも面白くないんだよ。何もかもが」

彼女は口をつぐんでいた。ニックは続けた。「自分の中で何もかもがダメになってしまったみたいなんだ。自分でもわからないんだよ、マージ。どう言ったらいいかもわからないんだ」

彼はマージョリーの背中を見つめた。

「愛し合うのは楽しくないの？」と、マージョリーは言った。

「うん」と、ニックが言った。マージョリーは立ち上がった。ニックは頭を両手で抱えたまま座っていた。

「私、小舟に乗って帰るわ」と、マージョリーはニックに向かって言った。「あなた、歩いて岬を回って戻れるわよね」

「ああ、大丈夫だよ」と、ニックは答えた。「小舟を押してあげるよ」

「そんなことしなくていいわよ」と、彼女は言った。彼女は小舟に乗って月の輝く湖水に出た。ニックは焚き火に戻って、そばに敷いた毛布で顔を覆って横になった。マージョリーが小舟を漕ぐ音が聴こえた。

彼は長い間、そこに身を横たえていた。やがてビルが森を抜けて、この空地に近づく気配を察した。焚き火のところまでやって来たのがわかった。ビルはニックに触れなかった。

「あの娘はちゃんと帰れたかな」と、ビルは訊いた。

「ああ、大丈夫だろう」と、ニックは毛布に顔を埋めて横になったまま答えた。

「何かあったのか？」

「いや、別に何も」

「いまどんな気分なんだい？」

「うるさいぞ、どっかに行っちまえ、ビル！　しばらく構わないでくれ」。ビルはバスケットからサンドウィッチを一つ失敬し、釣り竿の具合を確かめに歩いていった。

（*The End of Something*）

アルプスの情景

朝の早い時間でも、渓谷へと下りていくと暑さを感じた。僕たちが肩に担いでいたスキーの雪を太陽が溶かし、板をすっかり乾かした。渓谷は早春を迎えていたが、陽射しは強く暑かった。僕たちはスキーとリュックサックを背負って、オーストリアのガルチュールへ通じる道を歩いていた。墓地の辺りに差しかかった時、ちょうど誰かの埋葬が終わろうとしていた。その墓地から出てきた牧師に「こんにちは《グリュース・ゴット》」と僕は声をかけた。牧師は黙礼して応えた。

「牧師に無視されちゃったな」と、ジョンが言った。

「牧師が『神《ゴット》』なんて口に出すはずないだろう」

「彼らは挨拶を返すことなんかしないんだ」と、ジョンは言った。

僕たちは道端に立ち止まり、寺男がショベルで新しい土をすくい、穴に放り込んで埋めるのを眺めた。黒い顎鬚《あごひげ》を蓄えて長い革靴を履いた農夫が、墓の傍に立っている。寺男がショベルの手を休め、背筋を伸ばした。長い革靴を履いた農夫は、寺男からショベルを譲り受けると、墓穴を埋める作業を続けた。土を平らにならすさまは、庭園で肥料を均等に撒いているようだった。五月の朝のうららかな陽射しの中の埋葬の光景は、どこか現実離れしていた。こんな清々しい日に天に召されるなんて想像もつかない。

「こんな美しい日に埋葬されるなんてね」と、僕はジョンに言った。

「あまり気分のいいものじゃないな」

「うん」と、僕は言った。「もっとも、僕らには関係ないことだけど」

僕たちは道をさらに歩き続け、町の家並みを抜けて旅籠《はたご》へと向かった。僕たちはチロル州のジルヴレッタで一か月間スキーを楽しんで来たばかりで、それから渓谷を下るのは気分がいいものだった。ジルヴレッタでのスキーは楽しかったが、春スキーだったので、雪質がよかったのは早朝と夕方だけだ。他の時間帯は、太陽のせいで雪が駄目になってしまうのだ。二人とも日差しに閉口していた。だからといって、太陽から逃れることはできない。日陰と言えば、せいぜい大きな岩陰か、氷河の近くの岩の下に建てられた小屋の周りくらいだろう。そうした日陰に入ると、下着が汗で凍りつく。サングラスをかけないと小屋の外では座り込むことすらできない。肌を真っ黒に焼くことは悪くないものだが、くたびれもする。強い陽射しの中で憩うことはできないのだ。だから、雪を後にして、山を下りることはうれしかった。ジルヴレッタの春を享受するのには遅すぎる時期だったのだ。僕はゲレンデで滑るのも少し飽きてきていた。ここでの滞在が長引きすぎたのだろう。小屋のトタン屋根から落ちる雪解けの水を飲んでいたせいで、その味がまだ口に残っている。その味も、このスキー旅行にまつわる思い出のよすがだ。スキーの他にもいろんな楽しみがあったが、高山の奇妙な春を逃れて、渓谷の五月の朝に降りることができたのも嬉しかった。

旅籠の主人が、宿のポーチで椅子の背を壁にもたせかけて座っていた。隣にはコックも腰かけている。

「シー・ハイル！（スキーヤー同士の挨拶）」と、主人が言った。

「ハイル！」と、僕たちも言い、スキーの板を壁に立てかけた。それから、背負っているリュックサックを下ろした。

「いかがでしたか、お山の方は？」と、主人が尋ねた。

「よかった《シェーン》よ。ただ、ちょっと陽射しが強すぎたけどね」

「そうでしょうね。一年でもいま頃が一番強い時期だから」

コックは椅子に腰かけたままだった。主人は僕らと一緒に中に入るなり、事務所の鍵を開けて僕ら宛ての郵便物を取り出した。一束の手紙と幾らかの新聞の束だった。

「さあ、ビールでも飲もうか？」と、ジョンが言った。

「いいね。中で飲もう」

主人がビールを二本持って来てくれた。僕らは手紙に目を通しながら、そのビールを飲んだ。

「もう少しもらおうか」と、ジョンが言った。すると今度は、若い女性がビールを持って来てくれた。ビールの栓を抜きながら、彼女はにこっと笑みを浮かべた。

「お手紙、たくさんですね」と、彼女は言った。

「そうなんだ。たくさん溜めてしまった」

「乾杯《プロージット》ですね！」と、彼女は言い、空いた瓶を持って出ていった。

「ビールの味を忘れていたよ」

「おれは違う。無論、覚えてるさ」と、ジョンが言った。「あの山小屋では、ビールにありつくことだけを考えていたんだから」

「そうだったのか」と、僕は言った。「で、やっとありつけたって訳か」

「何事も、過ぎたるは及ばざるがごとしだな」

「うん、あそこに長く滞在しすぎたよ」

「まったく長すぎた」と、ジョンが言った。「何ごとも夢中になって、ずるずるしちまうのはよくないことだ」

　太陽の光が開けっ放しの窓から射し込んで、テーブルに置かれたビール瓶を輝かせていた。瓶にはビールがまだ半分残っていた。瓶の中のビールには少ししか泡がなく、それは冷えすぎているからだった。トールグラスに注げば、きめ細かい泡が縁まで上がってくる。僕は開いた窓の外の白く輝く道路を見やった。路傍に立ち並ぶ木々は埃っぽい。その向こうに緑の野原と小川が見えた。その小川に沿って木立が生えており、水車小屋もある。小屋の中の長い丸太と鋸が上下しているのが見えた。そこで作業をしている者はいないようだ。緑の野原を四羽の鳥が歩いている。一羽は木に止まって警戒の目を怠らない。外のベランダでは、コックが椅子から立ち上がり、裏手のキッチンに通じる通路に入っていった。屋内では太陽の光がテーブルの上の空いたグラスに射し入って輝いていた。ジョンは両腕に頭を乗せて、うつ伏せになっている。

　窓の向こうに、二人の男が正面の階段を上がって来るのが見えた。彼らは酒場に入って来た。一人は顎鬚を生やし、長いブーツを履いていた、さきほどの農夫だった。もう一人は寺男だ。二人は窓の下のテーブルに腰を下ろした。さっきの娘がやって来て、二人のテーブルの傍に立った。農夫は彼女に気づいていないようだ。両手をテーブルの上に乗せていた。彼は古くなった軍服を着ている。肘の辺りに布の肘当てがついていた。

「何にするかな？」と、寺男が訊いた。農夫はその言葉に注意を払っていない。

「何を飲む？」

「シュナップス（無色透明のアルコール度数の高い酒）だ」と、農夫は言った。

「それと、赤ワインを四分の一リットルばかり貰おうか」と、寺男が娘に注文した。

　娘が飲み物を運んで来ると、農夫はシュナップスを飲んだ。そして、窓から外を見た。寺男はその様子をじっと見ていた。ジョンはテーブルに頭を伏せている。眠っているのだ。

　主人が入って来て、二人に歩み寄った。土地の方言で話しかけると、寺男はそれに応えた。農夫は窓の外を見ている。主人が部屋から出ていった。農夫が立ち上がる。革製の財布から一万クローネ紙幣をつまみ出し、皺を伸ばした。娘がやって来た。

「お勘定はご一緒ですか《アレス》?」と、彼女が訊いた。

「そうだよ《アレス》」と、彼が言った。

「ワインは俺に払わせてくれ」と、寺男は言った。

「一緒で《アレス》」と、農夫が娘に繰り返した。彼女はエプロンのポケットの中に手を突っ込むなり、硬貨をいっぱい取り出して、釣銭を数えた。農夫は戸口から出ていった。すぐさま主人が部屋の中に入って来て、寺男に何やら言葉をかけた。主人はテーブルの席についた。二人は方言で話した。寺男がテーブルから立ち上がった。彼は口髭を生やした小柄な男だ。窓から身を乗り出して、外の道路を眺めた。

「おい、奴さんあそこに入っていくぞ」と、彼が言った。

「レーヴェンに?」

「そうだ《ヤー》」

二人は再び話し出した。それから、主人が僕たちのテーブルにやって来た。主人は背が高く年老いていた。彼は眠っているジョンに目をやった。

「かなりお疲れのようですね」

「今朝早かったもので」

「すぐに食事にしましょうか?」

「お願いします」と、僕は答えた。「どんなものがあるんです？」

「何でもご用意できますよ。メニューを持って来させましょう」

娘は早々にメニューを持って来た。ジョンが目を覚ました。メニューは紙にインクで書かれていて、木製の枠に嵌め込まれていた。

「ほら、メニュー《シュパイゼカルテ》だ」と、僕はジョンに言った。彼はそれに目を通した。まだ眠そうだった。

「ご一緒しませんか？」と、僕は主人に勧めた。彼は腰を下ろした。

「百姓ってやつはまるでケダモノですな」と、主人が言った。

「この町に入る時、あの農夫が埋葬をしているのに出くわしましたよ」

「あれは奴の女房の葬儀だったんですよ」

「なんと」

「奴はケダモノですよ。まあ、ここらの百姓は、みんなそうですがね」

「どういうことです」

「とても信じてもらえんでしょう。あれはとても信じられないようなことをやらかしたんですよ」

「聞きたいな」

「信じちゃもらえないと思いますがね」。主人は寺男のほうへ、「おーい、フランツ！こっちにおいでよ」と、言った。寺男はワインの入った小瓶とグラスを持って、こっちのテーブルにやってきた。

「こちらにいらっしゃる紳士方は、たったいまヴィースバーデン・ヒュッテから降りてきなさったばかりでね」。主人は彼に紹介してくれ、僕らは握手を交わした。

「何か飲みますか」と、僕が訊いた。

「いや、結構」と、彼は指を振った。

「ワインをもう一本どうです？」

「じゃ、せっかくなので」

「こっちの方言がわかりますか？」と、主人が訊いた。

「いや、まったくわかりません」

「何を話しているんだよ」と、ジョンが訊いた。

「ここに来る途中で見かけた墓地の農夫、あの男について話してくれるんだって」

「聞いてもよくわかんないだろうけどなあ」と、ジョンが言った。「喋るのが早すぎるんだ」

「あの農夫ですが」と、主人が言った。「女房を埋葬したのは今日でした。亡くなったのは去年の十一月だったんです」

「十二月だよ」と、寺男が言った。

「どっちだって違わんよ。じゃ、十二月でいいよ。それで役場に届けを出したんです」

「十二月十八日だ」と、寺男が言った。

「とにかく、雪解けを待って埋葬することになったんです」

「奴はパッツナウン渓谷の向こう側に住んでるんです」と、寺男が言った。「でも、ここの教区に属していてね」

「奥さんの遺体をここまで持って来られなかったんですか？」と、僕は訊いた。

「そうです。奴の住んでいるところからだと、スキーを使わない限り、雪解けを待つより手はないんです。そういう事情で、今日、やっとホトケさんを運んできて埋葬した訳です。ところが、女房の顔を見た途端、司祭は埋葬したくなくなってしまった次第で。ここから先はお前さんが話してくれ」と、彼は寺男に言った。「当然のことだが、標準のドイツ語を使って話すんだぞ。方言は使うなよ」

「司祭の言うことが、何とも傑作でね」と、寺男は語りはじめた。「役場への届けでは心臓発作で亡くなったと書いてあった。なるほど以前から奴の女房が心臓を患っていたことは、あたしらも承知してました。ときどき教会で気を失うようなこともありましたからね。長い間、教会にも顔を出さなかったし。ここらの急な坂道も難儀でしょう。で、司祭は顔に被せてあった白い布をのけると、亭主のオルツにこう尋ねたんです。『お前さんの女房は、死の直前にひどく苦しんだのかい？』と。『いいや』と、オルツは答えた。『自分が家に戻ってきた時にはベッドの上で冷たくなってました』

そこで司祭は、もう一度オルツの女房の死に顔を見たんですが、どうにも腑に落ちないという様子でしてね。

『じゃ、どうしてこんなひどい死に顔なんだね？』と、司祭はオルツに訊きました。

『自分にもわからないんで』と、オルツは答えた。

『わからんじゃ、済まされないぞ』。司祭はそう言って、布を顔の上に再び被せたんですな。オルツは黙ったまま。司祭は彼の顔をじっと見てね、オルツも司祭の顔を見返して、それで言ったんです。『どうしても、訳を知りたいっていうんです？』

『知りたいさ』と、司祭は答えたんです」

「ここからが本筋なんですよ」と、旅籠の主人が言った。「耳の穴をかっぽじってよく聞いてください。フランツ、続けてくれ！」

「よござんすか、するとオルツは『それではお話しします』と言って話しはじめたんです。『女房が死んじまったんで、自分は役場に届けを出して、それからホトケさんを小屋に運び入れて大きな丸太のてっぺんに寝かせといたんです。自分がその丸太を使おうとした時には、女房はカチカチになってましたので、自分は壁に立てかけたんです。あれの口がぱっくり開いてましたんで、夜に丸太を切るんで小屋に入った時、そこにランタンをひっかけたんですよ』

『どうして、そんなことをしたんだね？』と、司祭は訊きました。

『自分にもさっぱり』と、オルツ。

『何度もしたのかね？』

『はあ、夜に小屋で仕事をするたびにしておりました』

『それはいかんぞ』と、司祭は言いました。『奥さんを愛しておったのだろう?』『はい《ヤー》、愛してましたよ』と、オルツは答えたんです。『それはもう愛してました』って」

「おわかりですかね?」と、主人が訊いた。「やつの女房の話、どうですか」

「しっかり聞きましたよ」

「さあ、飯にしよう」と、ジョンが言った。

「適当に注文してくれ」と、僕は言った。「で、いまの話、本当だと思います?」と、僕は主人に訊いた。

「もちろん本当の話ですよ」と、彼は答えた。「百姓連中なんてのはケダモノと変わらんのです」

「あの男はどこへ行ったんですか?」

「私の同僚の店のレーヴェンまで、一杯やりに行ったんですよ」

「あたしと一緒に飲むのが嫌だったみたいですな」と、寺男が言った。

「私のところで飲むことを遠慮したんですすよ。この男にも女房のことを知られちまったもんでね」と、主人が言った。

「なあ」と、ジョンが言った。「飯にしようぜ」

「わかったよ」と、僕が言った。

(*An Alpine Idyll*)

父とその息子

この町のメイン・ストリートにはまわり道の標識があったが、他の車はみんな自由に往来していたので、何かしらの補修工事がすでに完了したのだろうとニコラス・アダムスは思い、人気《ひとけ》のないレンガ舗装の道路を通って町に車を乗り入れた。こんな閑散とした日曜日でも信号は一定の周期で点滅していて、その信号で車を止めた。こうした交通設備も出費がかさむために来年には取り外されることになるらしい。ニックは小ぢんまりとした町に茂る鬱蒼とした木々の影の下を走った。ここが自分の故郷で、こうした影の下を歩いたことがあるならば、この影は自分の心の一部になっただろうが、よそ者にとっては鬱蒼とした木々は陽射しを遮って家に湿気を溜めこむものでしかない。家並みの最後を過ぎて、まっすぐ先に延びる起伏のあるハイウェイに乗り入れる。道の両側には整備された赤土の土手があり、二番生えの木々が立ち並んでいる。ここは彼の生まれ故郷ではなかったが、いまは秋の半ばで、このあたりを車で流すのは悪くなかった。すでに綿は摘まれていたが、開墾地のあちこちにトウモロコシが植えられ、赤いソルガム（イネ科の穀物）の縞が走っている。彼の息子は車の助手席で眠っていて、予定していたぶんの距離も走りきっていた。今日中に行き着くところもだいたいわかっていたので、彼は車をのんびり走らせた。どの小麦畑に大豆やエンドウ豆が植えられていて、どんな風に雑木林と伐採地が分布していて、小屋と家屋が畑や雑木林とどんな風な関係であるのかといったことを、ニックは観察した。彼は車を走らせながら、頭の中で猟に興じていたのだ。開墾地をどう餌場にし、隠れ場所にするか考え、どのあたりに鳥の群れがいそうで、鳥たちはどっちに飛び立つか想像していたのである。

　鶉《うずら》狩りでは、鶉と彼らの隠れ場所の間に身を置いてはならない。さもなくば、猟犬が匂いを嗅ぎつけたり、鳥たちが一斉に飛び立ったりすると、鶉が大挙してこちらに飛んでくることがあるからだ。風に乗って素早く空高く舞い上がるもの、こちらの耳を掠めて飛んでゆくもの、風を引き裂いて飛び去る時に、見たこともないような大きなかたまりを成していることもある。そうなると、鶉を獲る唯一の方法は、彼らが深い茂みを目指して羽を畳んで一気に急降下する前に、さっと身体の向きを変え、肩付近を掠めて飛ぶ瞬間を見計らって捕えるしかない。父が教えてくれた、このあたりの鶉狩りのやり方を思案するうちに、ニコラス・アダムスは父親のことを思い出していた。真っ先に思い浮かぶのは、きまってあの眼だ。がっしりとした体格、俊敏な動き、広い肩幅、鼻筋の中央が盛り上がった鷲鼻、ひ弱な顎を隠すかのように生え揃った口髭などより先に、何よりあの眼が浮かぶ。頭部にはめこまれた父の眼は、独自の陣形を成す眉に守られているように見え、何かとても貴重な器具を保護するための特別な配慮が施されているのではないかと思わせるほど奥まった位置にあった。父の眼はどんな人間よりも遠く速いものを見ることができ、それは父の持つ偉大な天分だった。彼の父は大角羊《ビッグホーン・ラム》や鷹のように見ることができたのだ。嘘ではない。

ニックは父親と一緒に湖の岸辺に佇むことがあった。あの頃のニックの視力は、いまよりずっとよく、父はよくこんなことを言ったものだ。「おい、旗が見えるか、あそこに揚がったぞ」。ところが、その旗も旗竿もニックには見えなかった。「よく見ろ」と、父は言った。「お前の妹のドロシーだよ。旗を揚げ終えて、船着き場の方へ歩いていくぞ」

ニックは湖の向こう側を見たが、見えるのは木立に覆われた湖の長い岸の線と、その背後の小高い森、入り江を抱く岬、きれいに手入れされた丘の上の農園、そして木立の中の白い小屋だけで、旗竿も船着き場もまったく見えなかったものだ。岸辺の白と、そのしなやかな曲線しか見えなかった。

「岬に続く丘の中腹の羊が見えるかい?」

「うん」

丘の灰色がかった緑色の上の白っぽい斑点がそれだった。

「お父さんは、その数を勘定できるぞ」と、父が言った。

普通の人以上に飛び抜けた能力を有する人たちがそうであるように、彼の父親も非常に神経質だった。それでいてセンチメンタルでもあって、そうした人によくあるように、酷薄でもあり、また傷ついてもいた。運にも恵まれず、しかもそれは必ずしも彼の責でもなかった。父は、いわば自身も幾らか手を貸して仕掛けた罠に自ら捕われて、死んでしまった。死の前には、さまざまな形で多くの人に裏切られもした。センチメンタルな人びとは何度も何度も裏切られるものなのだ。ニックはまだ父親について書けていないが、いずれそうするつもりではあった。この鶉猟の土地は父のことを思い出させた。少年だったニックは、二つのことについて父に感謝していた。魚釣りと狩猟である。この二つについては頼りがいがあった。だが性の問題などについては心もとない。でもニックにとってはそれでよかったのだ。そもそもは銃を誰かしらからもらわないとはじまらないわけで、あるいは銃を手に入れたり使ったりする機会は提供されるべきもので、そして狩猟や釣りについて学ぼうということになれば、獲物がいる環境に住むことになる。三十八歳になったいまも、彼は初めて父親と一緒に猟に興じた時と遜色ないくらい猟や釣りを楽しんでいる。その情熱はいまも冷めることがなく、それを教えてくれた父親に心から感謝していた。

父に頼れなかった事柄については、誰も教えてくれなくとも知るべき知識は自ずと身についていくもので、それはどこに住もうが変わらない。その種の話題で父親が教えてくれたことを、ニックは二つだけはっきり覚えている。二人で一緒に猟に出た時、ツガの木にへばりついている赤リスを撃ち落としたことがあった。リスは傷を負って地面に落ちた。ニックがそれを拾い上げると、リスは不意に親指の付け根に思いっきり噛みついたのだ。

「根性悪のリスの畜生め」。ニックはそう言うと、リスの頭を木の幹に叩きつけた。「こいつ、噛みやがった、見てよ、ひどい傷だ」

彼の父親は、その傷を見て言った。「傷口をよく吸ってきれいにして、家に帰ったらヨードチンキでも付けておくんだな」

「畜生《バガー》め」と、ニックは言った。

「『バガー』って、どんな意味か知ってるのか?」と、父親は訊ねた。

「なんだってバガーさ」。ニックは言った。

「バガーとは動物と交尾する奴のことをいうんだ」

「どうして?」と、ニックは言った。

「さあな」と、父親は言った。「とにかく、それはとても重い罪だ」

ニックの想像力はかきたてられ、同時に恐怖に染められた。彼はさまざまな動物を思い浮かべたが、どれも魅力的に思えなかったし、実際そんなことをやろうとも思わなかった。父親から性について、あけすけに教わったのは、これくらいだった。いや、もう一つあった。ある日の朝、朝刊を読むと、こんなニュース記事が目に飛び込んできたのだ。イタリアの有名なテノール歌手エンリコ・カルーソーが、女を誘惑して弄ん《マッシング》でいるところを警察にしょっ引かれたというのだ。

「『もてあそぶ』って、どういうこと?」

「それはとても重い罪の一つだ」と、父親は答えた。ニックは頭の中で、あの名声を馳せた偉大なテノール歌手が、葉巻箱の裏に描かれている女優のアンナ・ヘルドのような美女相手にジャガイモ潰し機《マッシャー》を使って奇怪でいかがわしくて罪深いことをしている場面を思い描いた。相当の恐怖を感じつつも、大人になったら一度「マッシング」とやらをやってみようと結論づけた。

　彼の父親は、この種の問題をこんな風に総括した。すなわち、自慰をすれば視力を失い、気が変になってついには死ぬ。売春婦と性交渉を持てば恐ろしい性病にかかる。要は、他人には無闇に手を触れないに限るというのである。その一方で、彼の父親はニックの知るかぎり最高の眼を持っており、ニックは長きにわたって父を深く愛していたのだ。すべてがわかってしまった今となっては、物事が悪い方向に転がってしまう前の遠い昔のことを思い出すことさえ、決して心和むものではない。このことを書いたら追い払うことができるだろうか。これまでは、彼は書くことでいろいろな憂さを晴らしてきた。だが、このことについて書くには早すぎる。存命の人がまだたくさんいた。だから彼は別の手を考えようと思ったのだ。父親については何もできることはなく、そのことは何度も考えてきた。葬儀屋が父の顔に施した見事な処置のことは褪せることなく彼の頭の中にあり、それ以外のことも、もろもろの責任も含め、はっきり覚えている。彼は葬儀屋に賛辞を送った。すると葬儀屋は鼻高々になって喜んだ。だが、父の死に顔の仕上げをしたのは葬儀屋ではなかった。葬儀屋は、芸術的な価値があるかどうかは疑わしいけれども見事な修復技術を実行してみせたにすぎない。その顔は長い時間をかけて自ずとできあがったものなのだ。最後の三年間でできあがったといってもよい。なかなかの物語なのだが、まだ存命の人が多すぎて、書く訳にはいかない。

ニックは子供の頃に、インディアン・キャンプの裏手に生い茂るツガの木々の中で多くを学んだ。小屋から小森を抜けて農場へと通じる小径に沿って歩き進み、木々がきれいに伐採された空地の曲がりくねった道をひたすら辿ると、その場所に着いた。いまでも、あの道を裸足で歩いた感覚が残っている。まず小屋の裏手から足を踏み出してツガが群生する原生林に分け入ると、針葉樹の落葉が散り敷かれた場所に辿り着き、そこにはボロボロに朽ちた大木が散乱し、落雷を受けた樹木は裂け、その長い木片が投げ槍のような形でぶら下がっている。森の中には丸太を渡した小川も流れていて、それを踏み外すと真っ黒な泥の中に嵌り込んでしまう。それから柵を乗り越えて森から出る。日光の下で乾燥した硬い小径は、きれいに刈り込まれた草やヒメスイバやビロードモウズイカの野原を抜けてゆく。左手にはどろどろした川床の湿地があって、そこはチドリの生息地でもある。冷蔵庫代わりの貯蔵用の小屋《スプリングハウス》は川の上にあった。小屋の下に温かい新鮮な堆肥があって、その表層には古い堆肥が固まっていた。さらにまた柵があり、小屋から家に通じる硬くて熱い小径、熱い砂の小径が森へと繋がっていて、今度は橋を渡って小川を越え、川辺に茂るガマは、灯油に浸すと夜に小魚を銛で捕る時の松明《たいまつ》代わりになる。

　それから道は左手に曲がり、森の縁を迂回して丘を上がる。もう一方の粘土と頁岩《けつがん》の広い道をゆくと森の中に入り、木陰のおかげで涼しく、インディアンたちがツガの木の樹皮を滑り材として伐り出すため道幅も広げられていた。ツガの樹皮は長い列を成して幾重にも積み上げられ、まるで家のようだった。外の樹皮を剝ぎ取られた丸太の樹皮は、黄色く巨大な姿で横たわっている。森の中で伐採された丸太は朽ちるまで放置され、幹の先端を焼かれることも片づけられることもなく倒されたままだ。ボイン・シティの製革所で必要とされるのは、樹皮だけなのだ。冬が来ると、それらは湖の氷の上を横切って運ばれていき、年ごとに木の数は減っていって、何もなく、熱く、影のない、雑草だけが蔓延《はびこ》る空地が増えていく。

　しかし、その頃はまだ森は豊かだった。木が天高く聳えて枝のない自然のままの森林が残っていて、松葉が美しく散り敷かれた下生えのない褐色の地面を歩いていると、猛暑の日であっても涼しくて、三人はベッドを二つ足したよりも幅がありそうなツガの幹にもたれて休んだ。微風が高い梢を揺さぶり、涼しげな日差しが木々の間からこぼれ落ちる中、ビリーは言った。

「またトルーディーとしたくない？」

「君はどうだい？」

「まあそうね」

「じゃあ来てよ」

「やだ、ここでいいじゃないの」

「でも、ビリーが――」

「ビリーなんて気にしないわ。だって弟だもの」

その後、三人は梢の高いところにいるらしいけれど姿の見えない黒リスに耳を澄ませながら座っていた。彼らはリスがもう一度鳴くのを待っていた。リスが鳴くと尻尾を振るので、そこをニックが撃つという算段だ。ニックの父親は、猟に出る時は一日に三発までと弾丸の数を徹底していた。彼の銃は長銃身の単発式二十番径散弾銃だった。

「あの野郎、まったく動こうとしないぜ」と、ビリーが言った。

「撃っちゃいなよ、ニッキー！　脅かすの。私たちはリスが飛び上がるのを見てるから。もう一発撃ってトドメを刺すの」と、トルーディーが言った。彼女にしては長い弁舌だった。

「だけど、弾丸は二発しかないんだぞ」と、ニックが言った。

「くそっ」と、ビリーが言った。

三人は木にもたれかかって座り、身じろぎもしなかった。ニックはうつろなような幸福なような気持ちでいた。

「そう言えば、エディがいつか夜にお前さんの妹のドロシーのところにいって一緒に寝たいって言ってた」

「なんだって？」

「そう言ってたんだよ」

トルーディーが頷いた。

「ただやりたいだけなのよ」と、彼女は言った。エディは二人の腹違いの兄だ。年齢は十七歳だった。

「万が一、エディ・ギルビーが夜やって来て、ドロシーに少しでもちょっかいを出してみろ、ただでは済ませないぞ！　こんな風に殺ってやる」。ニックは素早く銃の撃鉄を起こして、ろくに狙いもつけずに引き金を引いた。おまえの頭かどてっぱらに手のひらくらいの風穴を開けてやるぞ、ハーフのろくでなしのエディ・ギルビーめ。「こんな風にね。こんな風に」

「エディはやめた方がいいわね」と、トルーディーは言った。彼女はニックのポケットの中に手を忍び込ませた。

「奴にとっちゃ油断大敵だ」と、ビリーが言った。

「エディは口先だけの男よ」。トルーディーはニックのポケットの中を探りながら言った。「だから殺さないでね。大変なことになっちゃうから」

「いや、俺は殺るよ、こんな風に」と、ニックは言った。エディ・ギルビーは胸を丸ごと吹っ飛ばされて地面に倒れる。ニックはその胸に足をかける。

「そして、奴の頭の皮を剝いでやる」。ニックは嬉しそうに言った。

「そんなことしちゃダメ」と、トルーディーが言った。「まともじゃないわよ」

「頭の皮をひん剝いて、おふくろさんのところに送りつけてやるんだ」

「もうお母さんは死んでるわ」と、トルーディーが言った。「殺すなんて言わないで、ニッキー。私のこと思っているんならやめて」

「頭の皮をひん剝いたら、奴をそこらの野良犬にくれてやる」

ビリーは気が滅入っていた。「奴は用心しないと」と、彼は暗い声で言った。

「野良犬たちが奴の体を引き裂いてくれるぞ」と、ニックはその光景を頭の中で描いて喜んだ。あのハーフの裏切者の頭の皮をひっ剝がして、野良犬どもがその体を引き裂くのを顔色ひとつ変えずに立って眺めている。その時、ニックは急に後ろへ引っ張られて木の幹の方に倒された。トルーディーが彼の首に腕を回して、しがみつき、きつく締めつけながら叫んだ。「殺しちゃダメ！　殺しちゃダメ！　ダメ！　ダメ！　ダメ！　ニッキー、ニッキー、ニッキー！」

「どうしたんだよ？」

「殺しちゃダメ！」

「殺さなきゃならないんだ」

「あいつは口だけなんだから」

「わかったよ」と、ニッキーは言った。「奴が家の周りをうろつかなきゃ、殺しやしないよ。だから早く放してくれよ」

「ならいいわ」と、トルーディーは言った。「ねえ、したくない？　私、いまそんな気分なんだけど」

「ビリーがここにいなければね」。ニックはエディ・ギルビーを殺し、それから赦免してやったのだ。もう立派な一人前の男になっていた。

「ビリー、ちょっとあっちへ行っててくれないか。いつまでそこにいるんだよ？　おい、早く」

「畜生！」と、ビリーは言った。「もううんざりだ。次はどうするの？　狩り？　それとも？」

「その猟銃を持っていきな。弾は一発しか残ってないけど」

「わかった。せっかくだから、大きな黒リスを仕留めてくるよ」

「後で呼ぶよ」と、ニックは言った。

それからずいぶん経ったが、ビリーはまだ戻って来なかった。

「赤ちゃんできちゃうかな？」。トルーディーは幸せそうな表情で褐色の脚を組みかえて、ニックにこすりつけた。ニックの中の何かが、どこか遠くまで飛んでいったように感じた。

「どうかな」と、彼は言った。

「ねえ、赤ちゃんいっぱいつくろうよ」

ビリーが銃を撃つ音が聞こえた。

「とうとうやったかな?」

「そんなこと、どうでもいいわ」と、トルーディーが言った。

ビリーが木の間を縫って戻って来た。銃を肩にかけて、黒いリスの前足を摑んでいた。

「見ろよ! どんなもんだい」と、彼は言った。「猫より大きいぞ。ところでもう済んだ?」

「どこで獲ったんだ?」

「向こうの方だよ。ちょっと跳ねるのが見えたんだ」

「そろそろ帰らなきゃ」と、ニックが言った。

「ダメ」と、トルーディーが言った。

「夕食までには戻らないと」

「わかったわ」

「明日も狩りに行く?」

「いいわね」

「このリス、あげるよ」

「わかった」

「食事を済ませたら、また出てこれる?」

「それは無理かも」

「いまの気分は？」

「いいわよ、大丈夫」

「そりゃよかった」

「ねえ、ほっぺにキスして」と、トルーディーが言った。

　いまニックはメイン・ストリートに沿って車を走らせていた。暗闇が少しずつ忍び寄っていた。その間、父親のことについて考えるのをやめていた。だが、普段から一日の終わりが近づくと、父のことなど、そもそも考えることはない。一日の終わりは、いつもニックだけの時間だった。一人でいることが当たり前で、そうでなければ心の平安を得ることができなかった。父親のことがふと脳裏をかすめるのは、一年のうちで秋か早春で、平原に小さなコシギが顔を覗かせたりとか、麦の束が山のように積まれているのを見たり、湖を見たり、一頭立ての馬車を見たり、雁の姿を見たり声を聴いたり、鴨猟のために隠れ場所に身を潜めたりしている時だった。一羽の鷹が帆布で覆った獲物を狙って、粉雪の舞う中を旋回しながら急降下したものの、帆布に爪を取られてしまい、羽をバタつかせている光景を思い出した。父はニックのそばにいるのだ、荒れ果てた果樹園に、新しく耕地整理された畑地に、深い茂みの森に、そして小さな丘の上に。枯草をかき分けて歩く時にも、木材を割っている時も、水を汲んでいる時も、製粉用の水車小屋にもリンゴ酒を製造する水車小屋にも、ダムの傍にも焚火の傍にも、いつも父はいた。

彼が住んだ町はどれも父親の知らない町だった。十五歳を過ぎてからは、父親と分かち合うものはなくなっていた。

寒くなると父親の顎鬚にはびっしり霜がこびりつき、暑い時には全身に汗をぐっしょりとかいていた。彼は日を浴びて農場で働くのが好きだった。あくせく働く必要もなかったのと、手仕事が好きだったからだ。だが、ニックはそうではなかった。父親のことは好きだったが、父の臭いが嫌いだった。いつだったか、父親の小さくなった下着を一揃い着る羽目になり、その臭いで吐きそうになって、それを小川の底に沈めて石を二つ載せて知らん顔し、失くしてしまったと嘘をついたのだった。あれを着せられた時に、臭さのことを言ったのだが、父親は洗濯したばかりだと言い張った。なるほど、確かにそうではあった。ニックが父親に、なら臭いを嗅いでみてほしいと言うと、ムッとした顔で臭いを嗅ぎ、洗い立ての爽やかな香りだと言った。ニックがそれを着ないで釣りから帰り、失くしてしまったと言うと、嘘をつくなと鞭でひっぱたかれた。

その後、ニックは薪小屋に、戸口を開けたまま座り込んだ。猟銃に弾丸をこめ、打ち金を起こした。網戸を下ろしたポーチに腰を下ろして新聞を読んでいる父親の姿を見つめながら、「いまだったらあいつを地獄に送りこめる。殺すことができるぞ」と考えた。やがて、ニックは怒りの感情が引いているのを感じ、猟銃が父親から譲られたものであることを思い出して嫌気がさした。ニックはそれから暗闇の中を、あの不快な臭いを振り払おうと、インディアン・キャンプまで歩いていった。彼の好みの体臭の人間が、家族の中に一人いた。妹だ。だから、他の者とは接触を避けた。タバコを吸うようになると、その感覚も鈍くなってしまった。それはいいことかもしれなかった。猟犬には有用だが、人間となるとそうではない。

「ねえ、父さんが子供の頃にインディアンと一緒に猟に出た時、どんな感じだった？」

「どうだったかな」。ニックは動顚していた。息子が目を覚ましていたとは、まったく気づかなかったのだ。見ると、息子は助手席にしゃんと座っていた。ニックはずっと自分が一人だと思っていたが、この子がずっとここにいたのだ。どのくらいの時間が経ったのだろうと、彼は考えた。「一日中、黒リスを追っかけたものだよ」と、彼は言った。「父さんの父さんは一日で使っていい弾は三発までと決めて、その数しかくれなかった。その方が狩りのやり方を早く覚えられるし、何よりも子供が銃を無闇に撃ちまくるのはよくないからね。父さんはビリー・ギルビーという名の男の子と、その子のお姉ちゃんのトルーディーと一緒に、よく出かけたものだ。ひと夏の間に、そうだね、ほとんど毎日だったかな」

「インディアンにしちゃ、変な名前だね」

「そうだな、確かに」と、ニックは言った。

「でも教えてよ、どんな人たちだったのか」

「その子たちはオジブウェイ族だった」と、ニックは言った。「それに、とてもいい子たちだったよ」

「でも一緒にいた時は、どんな風だったの？」

「どう言ったらいいかな」と、ニック・アダムスは言った。他の誰もうまくできないことを初めて彼女がしてくれたなど、口が裂けても言えなかった。ましてや、肉づきのいい褐色の脚や、平たいお腹や、小さく固い乳房や、しっかり抱きしめてくれる腕や、口の中を素早く探る舌や、視線を逸らさない眼や、その口の味のこと。そしてぎこちなく、ぎゅっと、甘やかに、しっとりと、愛らしく、きつく、疼くような痛みとともに、満たされるように、いつ果てるともしれず、いつ果てることもなく、そして突然に終わって、大きな鳥が黄昏時のフクロウのように飛び立って、ただしそれは白昼のことで、地面に散り敷いたツガの針葉が腹にくっついていた。だから、インディアンたちの棲み処に行くと、彼らが去ったことが臭いでわかり、鎮痛剤の空瓶や飛び回る蠅をもってしても、スイートグラスの甘い香りや煙の臭いやケースに収めたばかりのテンの毛皮の臭いを追い払うことはできない。彼らについてのどんな冗談も、インディアンの老婆も、臭いを消し去ることはできない。二人の体に染みついた甘ったるい悪臭も。そして、二人が最後にしたことも。終わり方の問題ではない。どんなものも同じように終わるのだ。昔はよかった。いまはそうではない。

そして別の話だ。空を飛ぶ鳥を一羽射落としたなら、それはすべての鳥を射落としたのと同じなのだ。鳥の種類も飛翔の仕組みもすべて異なるが、射落とした時の感覚はいずれも同じで、最後に撃った時のそれと初めての時のそれは同じはずだ。そのことを教えてくれた父に彼は感謝している。

「お前はあの子たちを好きになれないかもしれない」と、ニックは息子に言った。「でも、だんだんと好きになるかな」

「おじいちゃんも子供の頃はインディアンたちと一緒だったんでしょ？」

「そうだよ。おじいちゃんに彼らのことを訊いたら、友達もたくさんいたって言ってたよ」

「僕もいつかインディアンたちと一緒に暮らすのかな？」

「どうかな」と、ニックが言った。「お前次第だな」

「僕はいくつになったら猟銃を持って一人で狩りに出られるの？」

「十二くらいかな。もっとも慎重に銃を扱えればの話だが」

「ああ、いま十二歳だったらいいのに！」

「そう焦るなよ。もうすぐその歳になるさ」

「おじいちゃんって、どんな人だったの？　よく覚えていないんだ。ただ、僕たちがフランスから帰ってきた時に、空気銃とアメリカ国旗をくれたのは覚えてるんだけど。どんな人だったの？」

「うまく説明できないなあ。とにかく狩りと釣りのうまい人だった。それと素晴らしく眼がよかった」

「お父さんより？」

「射撃の腕前は、お父さんよりずっと上だったな。お祖父ちゃんのお父さんも、鳥を狙い撃ちすることにかけては誰よりすごかった」

「お父さんより上手なんてことはないよね」

「いや、お父さんよりずっと上手だったよ。なにしろ早撃ちの腕前がすごかったし、とにかく素晴らしかった。誰よりも見事だったから、いつまで見てても飽きなかった。だから、お父さんが撃つところを見て、おじいちゃんはいつもひどくがっかりしてたよ」

「どうして僕たちはおじいちゃんのお墓参りをしないの？」

「ここからとても遠いところにあるからだよ。ここからずっと遠いところなんだよ」

「フランスなら、そんなの大したことじゃないよ。フランスにいたら、きっとお墓参りをしていたはずだよ。行かなきゃダメだと思う」

「じゃ、いつか行こうな」

「お父さんが死んじゃった時のことを考えたら、お墓参りもできないようなところには住みたくないよ」

「ちゃんと考えておくよ」

「いっそのこと、僕たちみんな便利なところのお墓に埋めてもらったらどうだろう？フランスのお墓とかさ。それがいいと思うけど」

「フランスは気が進まないな」と、ニックは言った。

「じゃ、アメリカのどこか便利なところを見つけなきゃね。みんな、牧場に埋めてもらうのはどう？」

「それはいいアイデアだ」

「そうすれば牧場に行く途中でおじいちゃんのお墓参りができるじゃない」

「お前はとんでもなく実際的なんだな」

「だって、おじいちゃんのお墓に一度も行ったことがないなんて、いい気持ちがしないんだよ」

「行かなくちゃいけないよな」と、ニックは言った。「そう、行かなくちゃいけない」


(*Fathers and Sons*)

訳者解説

本書には誰もが知るヘミングウェイの最高傑作『老人と海』と、表題にも掲げたO・ヘンリー賞受賞作「殺し屋」を含む「ニック・アダムス・ストーリーズ」と称される短編小説十編が収録されている。

私にはヘミングウェイの気骨稜々たる文学が本格的に開花することになる狂騒のパリ時代に誕生した連作の短編小説群「ニック・アダムス・ストーリーズ」（フィリップ・ヤング［ペンシルベニア州立大学名誉教授］によって、一九七二年に『ニック・アダムス・ストーリーズ（*The Nick Adams Stories*）』として全二十四編が再編纂された）を導きの糸にして、最晩年に書かれた『老人と海』への道が切り拓かれたように思えてならない。そうだとしたら、本書刊行の意義とその個性はどこにあるのか。

短兵急との批判を恐れずに言えば、それはこの短編小説群を飾る主人公ニック・アダムスとその父親の高揚と頽落の光陰が、『老人と海』の主役である老漁師サンチャゴと彼を慕う少年マノーリンの動静を揺さぶって、ともに高い親和性と優れた特異性を有するという解釈の概念に切り込んだことだろうか。敢えて愛すべきこの逸品を比類なき輝きを放つニックの物語群と合体させ、新機軸の一冊の本として構成した所以《ゆえん》である。

アーネスト・ヘミングウェイ（一八九九〜一九六一）の多彩感を放つ乾いたスピーディーなハードボイルド型の文体と独特な語彙で包み上げたその稀有な文学性のポテンシャルを熱く擁護したのは、パリで芸術サロンを主宰するなど前衛的な小説家としても名を馳せたガートルード・スタインである。それゆえに、ヘミングウェイの背後には常に伝統的な文学の時空を超えた彼女の繊麗な情感が揺らめく。まさに「評するも名匠、評さるるも名匠」の図だ。

一九二〇年代のパリの文藝の匂いと香りの刺激が渦巻きながら嗅覚野に忍び込み、その魅力に囚われてしまったのであろうか、パブロ・ピカソ、アンリ・ルソー、エズラ・パウンド、そしてジェイムズ・ジョイスやスコット・フィッツジェラルドといった名だたる芸術家や作家たちもヘミングウェイの周辺にしばしば群れを成し、時にあと一息の文学的渇望を満たしてあげるなどして慰藉と共感と支持を惜しまなかった。ヘミングウェイをめぐって文学史や芸術史を彩る巨匠たちが憩うそうした風景は、二〇一一年に公開されたウッディ・アレン監督・脚本によるロマンチックな恋愛映画『ミッドナイト・イン・パリ』(*Midnight in Paris*)の中でも幻想的な映像とともに絶妙に描き出されている。自由で新鮮な空気を吹き込んだ文藝が百花繚乱の様相を呈した当時のパリで、このような独自の個性を咲きほころばせた文壇の若き獅子たちとの交流や語らいを通して、ヘミングウェイはいつしか一刀で力強く彫り上げたような豪快かつ野性味あふれる筆致で特異な文学ジャンルを極め、時代の寵児となった。やがて人間の営みと自然の圧倒的な雄大さが織り成す風景をモチーフにした不朽の名作『老人と海』を生み出すことになる。この物語を本書の新訳が語るように、あくまでも「老人と少年」という汎用性と有用性の高い構図として読み深めると、およそ読み手はやんわりとした能動的な没入感にそっと包まれていることに気づくだろうし、両者間の著しい年齢差を越えて湧き立つどこか物悲しくも詩情あふれる「優情」という文学的な妙味を堪能できるのではないか。

ヘミングウェイの作品中でも出色の出来栄えの『老人と海』の物語を紡ぐ縦糸だが、それは細やかなニュアンスを湛えながら特異な技法の冴えで迫る老人と少年のやりとりであり、横糸は捕獲した巨大なカジキが鮫に襲われ食い尽くされてしまうという野生的闘争心むき出しの格闘場面であろう。従って、この物語の美質は、そうした背景の像を描きながら読者を深い孤独の世界と大海が織り成す厳しい自然へと誘う、いわば男性的なエクリチュールの胎動に宿されていると言ってもよい。さらにこの名品の隠れた魅力を探れば、それは折々に怒濤逆巻く荒ぶる海で過酷な状況に耐えながらも、たった一人で立ち向かう老人の不屈の精神の中に見え隠れする繊細な美のグロテスクである。だからこそ、生来の豪快さを活かしつつも人の柔らかい心理に触れることにかけては当代随一と評されるハードボイルド小説の名手は、この物語を荘厳な輝きで紡がれたヒューマンドラマとして描き切ることができたのだろう。

「その男は年老いていた。小舟でメキシコ湾流に乗って孤独な漁に出ていたが、すでに八十四日間も釣果が上がらない。最初の四十日は少年と一緒だった。しかし、四十日も一向に獲物がかかる気配がなければ、少年の両親が、あれはサラオだと言って老人をさげすむのも無理はない。サラオとはスペイン語で『運に見放された最悪の状態』を意味する。親の言うことに従って別の舟に身を委ねたら、少年は最初の一週間で大物を三匹も釣り上げた。毎回からっぽの舟で帰港する老人の姿を眺めていると少年は悲しくなり、老人が帰港する度に浜に降りていって、舟から釣綱や銛や、マストに巻きつけた帆を運び出すのを手伝った。小麦粉のずだ袋で継ぎを当てられてマストに巻きつけられた帆は、いつまで経っても芽が出ない敗北の旗印を思わせた」と、物語の冒頭よりいきなり嘆きと苦悩を表象した退嬰の美学を露わにする。

　だが、物語の中盤において、件のカジキとの駆け引きの主導権を握ったり、宿敵の一挙一動に振り回されたりしつつも「老人はだいぶ疲れており、もうすぐ夜の帳が下りることも承知していた。敢えて何か別なことを考えるようにした。大リーグのこと、彼が『グラン・リガス』と呼ぶ、メジャーリーグの野球のことだ。今日はニューヨーク・ヤンキースとデトロイト・タイガース《ティグレス》の一戦がある。／試合《フェーゴ》の結果がわからなくなってから、もう二日目になる、と老人は思った。しかし、自分に自信を持つことが大切だ。あの偉大なる選手ディマジオに引けを取らぬように頑張らねばならん」と言い切り、志を貫徹しようとする気概を見せる。

　老人はいよいよ最強のモンスターである鮫と遭遇する。「鮫が素早く船尾に近づき、あの大魚に無情にも襲いかかった時に老人は見た、そいつの口が大きく開くさまと、その異様な眼と、大魚の尾のすぐ上に食いこんだ歯を。鮫の頭が海面の上にあり、やがて背中も露出しようとしており、大魚の皮が剝がされ、身がむしり取られる音が聞こえた時、老人は鮫の脳天に銛を打ちこんだ。鮫の両目を結ぶ線と鼻から背中への線が交差する一点を狙った。無論そんな線は実際にはない。そこにあるのは重たげな尖った青い頭と、大きな目と、歯をガチガチと鳴らし全てを食らう獰猛な顎だけだ。だが、そこに鮫の脳があり、この急所を老人は打った。老人は血まみれの両手で、渾身の力を込めて、この急所に思いきり銛を打ち込んだ。成功の望みは薄くとも、確固たる決意と純然たる敵意をもってそこを打った」。この不撓不屈の精神の持ち主である老人には慄然とするような胆力が潜んでいるのだ。その胆力と知謀が昇華し、クライマックスに向けて鬼気迫る怪演を見せる——実にヘミングウェイらしい物語構成であり、しかもあの先駆的な技法を掛け合わせた言葉の説得力は絶大である。

『老人と海』は、ある意味で十九世紀アメリカ文壇の巨匠ハーマン・メルヴィルの畢生《ひっせい》の大作『白鯨』に匹敵するほどの大きな文学的な果実を有しているのではないか。いずれの時代においてもその見事なソフト文学力で独自の色に染め上げられ、それゆえにアメリカ文学を愛好する日本の読者は、この『老人と海』を常に人気ランキング上位陣の中でも最強の作品に掲げる。これからも海洋文学の古典の一つとして時代の質感に応じ、一層厚みを増してさらなる飛躍を遂げていくことだろう。

彼の作品群には往々にして、妙な「威圧感」という象徴をすらりと脱ぎ捨てた「雅」と「粋」とが実存と夢幻の狭間で優雅にたゆたう。そうした美点がヘミングウェイ文学の源流だろうと思われる。その種の小粋な律動感は深い真摯な読書を邪魔しないし、むしろ読んでいて実に心地好い。彼はさまざまな苦境に瀕する対象の輪郭線を忠実になぞるように描き、人肌に温められた丸みと、潤いを帯びた言葉を巧妙に交差させる。そして、若さと勢いを感じさせる躍動的な筆さばきで読者の感情移入を誘う。だからこそ、思わずじんわりと追いかけてくる豊潤な響きと感動の渦に包まれてしまうのだ。そんな滋味が染みわたるヘミングウェイ文学の真物《ほんもの》の凄みに打ちのめされる。

ニック・アダムスは冒頭でも触れたように、パリの青春時代に文藝のラビリンスを彷徨するヘミングウェイが綴った連作短編小説群の主人公である。これは作者ヘミングウェイの仮面を被った主人公ニックの人生儀礼とも言うべきイニシエーション・ストーリーとして展開される。いわば、この作品群はヘミングウェイの自伝的な要素を織り込みながら、それぞれに異質な遠景を映り込ませた集合体であると言っていい。ヘミングウェイは幼年期には湖畔や広大な荒野で釣りや狩猟を楽しみ、一人の男子として成長すると、いつしか力強い父親像への憧憬を露わにしている自分に気づく。やがて彼は若くして北イタリア戦線等に参戦し、そこで負傷した体験を通して疲弊した精神的軌跡を辿ることになるが、そうした体験はこの短編集の構成にそこはかとなく影を投げかけて隠密な雰囲気を醸し出す。

本書に収録した「ニック・アダムス・ストーリーズ」の短編小説群を便宜的に区分設定すれば、前編部の「インディアン・キャンプの出来事」、「十人のインディアン」、「この世を照らす光」、「あるボクサーの悲哀」では、出産と自殺という属性の含意を問うテーマ、次に続く恋愛絡みの背信と喪失、そして風俗や社会的事象の特性に触れつつ古の英雄の成れの果ての姿を冷ややかに見詰めようとする繊細でナイーブな主人公ニック・アダムスの姿を鮮やかに浮かび上がらせる。何やら、それらの作品の背後にはさまざまなイデオロギーと仮説が跋扈しているようだ。「医者とその妻」はニックの父親に対する好意的な感情とは別に、どこか冷たいニュアンスを放つ夫婦の有り様を表象した物語で、一種の倫理的な側面に纏わるものも垣間見られ、構成要素は複合的だ。このように読み始めたら止まらない珠玉の作品群が前編部を覆う。

これに続く後編部は、ある日突然、平凡な日常が理不尽な暴力と禍々しさが入り混じった世界に塗り替えられてしまう登場人物たちの心の動きを丁寧に炙り出す名作「殺し屋」を皮切りにして、第一次世界大戦で負傷した一人のアメリカ人青年の治療の日々における特異な事象を綴った「遠い異国にて」、思春期の男女の複雑な心模様を描いた秀作「湖畔の別れ」、牧歌的で穏やかな風土を背景に、何とも異様な雰囲気が醸す戦慄を表象した「アルプスの情景」、そしてセクシュアリティの絡め方も興味深い「父とその息子」へと連なる。いずれもが主人公のニックが年齢を重ね、多角的な視点で事象を捉えながら次第に大人へと精神的な成熟度を高めていくという知的な物語に仕上げられている。また過去への回帰と回想的な叙述がそこはかとなく、それぞれの物語に深遠な意義を投げかけているし、ニックの成長の息づかいを丸ごと封じ込めている。果たして、そこにはニックの物語を通して己の人生を染め替えようとするヘミングウェイの貌《かお》が窺えないだろうか、私は一読者としてそんな感慨に耽った。

以上、縷々《るる》述べたようにヘミングウェイ作品は圧倒的な存在感と香しい魅力を放つものばかりなので、かねての愛読者も、また新たな読者もその独特な世界観を存分に堪能できるだろう。一切の事大な構えを排斥し、粒ぞろいの優れた作品群を温かく包み込むようにして読者の前に優しく届けてくれるヘミングウェイの美しい所作に翻訳しつつ思わず魅せられた。

さて、つれづれなるままに。私はある年の紅葉が色鮮やかに街道を染める晩秋の頃に、長くヨーロッパに憩う機会があった。無為の散策を消閑の具として、偶然通りかかったパリのモンパルナスの外れに位置する老舗カフェのクロズリー・デ・リラに立ち寄った。その店はすでにガートルード・スタイン、フィッツジェラルド、ドス・パソス、ヘンリー・ミラー、パブロ・ピカソ、クロード・モネ、そしてオーギュスト・ルノワールといった文人墨客たちが集う「文学カフェ」としても世評を得ていた。このカフェのカウンターのコーナー付近の席に座ると、「E. Hemingway」と刻まれたプレートがふと目に映った。当時の店のオーナー曰く、「ヘミングウェイは近くのリュクサンブール公園で鳩たちと戯れた後には必ずこの席に座って、バーテンダーと陽気に戯れながら座談に興じ、それから文藝人の縁の名所シェイクスピア・アンド・カンパニーに向かったものだ」

私はリラ・カフェを出ると、あの若き日のヘミングウェイの何らかの残像と匂いが揺曳しているかもしれないと思い、ひたすらまっすぐセーヌ川左岸にある文学好きの聖地シェイクスピア・アンド・カンパニー書店（Shakespeare and Company）へと急ぎ足を運んだ。そこはアメリカ生まれの出版社経営者シルヴィア・ビーチが一九一九年に英米文学の書籍を広く紹介する目的で設立したユニークな書店だ。何よりもジェイムズ・ジョイスの大作『ユリシーズ』を刊行したことで知られる。店主のシルヴィア・ビーチは硬軟両様の構えでパリ在住の貧しきヘミングウェイに特段の配慮と気遣いを示しつつ、よく広義の文学から社会事象に至るまで相好を崩して雄弁に語り合ったとのこと。そんな舞台裏の知られざる意外なエピソードがヘミングウェイのパリでの青春回想記『移動祝祭日』の「シェイクスピア・アンド・カンパニー」と題した短い随想の中にも窺える。

このように気ままな風に吹かれながらも、私はヘミングウェイ文学を心ゆくまで愛でる機会を逸することなく、異国にて新たな文学的滋味を愉しむ異次元の贅沢を満喫することができた。その濃厚で芳醇な文学的な香りの一端を、かくも愛しきヘミングウェイと分かち合いたいとささやかに願う。

なお、本書を翻訳するに当たって主な底本としたのは、*The Old Man and the Sea* (Arrow Books, 1952)、*The Nick Adams Stories* (Scribner, 1972)、*Ernest Hemingway : A Moveable Feast* (Arrow Books, 1964) である。また、ヘミングウェイの文学作品に関する幾つかの既刊訳書を適宜参照させていただいた。それぞれの訳者の方々に感謝の意を表する次第である。

文藝春秋の翻訳出版部統括次長の髙橋夏樹さんには、本書の企画段階から訳者の良き伴走者として辛抱強く支えていただいた。敏腕を振るう練達の編集者にめぐり逢えたことはまったくの僥倖である。特に翻訳出版部長の永嶋俊一郎さんには、格別のご高配を賜った。あらためて、お二人のひとかたならぬご厚情に感謝申し上げたい。

二〇二四年十月

齊藤　昇

本書は文春文庫のために訳し下ろされたものです。

ＤＴＰ製作　言語社

文春文庫

老人《ろうじん》と海《うみ》／殺《ころ》し屋《や》

定価はカバーに
表示してあります

2025年1月10日　第1刷

著　者　アーネスト・ヘミングウェイ
訳　者　齊《さい》藤《とう》　昇《のぼる》
発行者　大沼貴之
発行所　株式会社　文藝春秋

東京都千代田区紀尾井町 3-23　〒102-8008
TEL　03・3265・1211㈹
文藝春秋ホームページ　https://www.bunshun.co.jp

落丁、乱丁本は、お手数ですが小社製作部宛お送り下さい。送料小社負担でお取替致します。

印刷製本・TOPPANクロレ

Printed in Japan
ISBN978-4-16-792327-3